LA
FILLE DE JOIE,

o u

MÉMOIRES

DE MADEMOISELLE FANNY,

LA
FILLE DE JOIE,

O U

MÉMOIRES

DE MADEMOISELLE FANNY,

Écrits par elle-même.

NOUVELLE EDITION,

AVEC FIGURES.

TOME PREMIER.

A LONDRES,

1790.

LA

FILLE DE JOIE.

Tu veux, ma chère amie, que je
retrace à tes yeux les égaremens de
ma première jeunesse; quelque désagréable qu'en puisse être le ta-
bleau, tes desirs sont pour moi des
ordres absolus, je ne te cacherai
rien; et sans te faire languir par un
exorde ennuyeux, je vais te révé-
ler jusqu'aux moindres circonstances du libertinage horrible où j'ai
été plongé autrefois.

La vérité guidera ma plume; je
ne prendrai même point la peine
de couvrir de la plus légère gaze
mes crayons; je peindrai les choses
d'après nature, sans craindre de
violer les loix de la décence, qui

A

ne sont pas faites pour des person-
nes aussi intimement amies que
nous. D'ailleurs, tu as une connoissance trop consommée des plaisirs réels, pour que leur peinture
te scandalise. Tu n'ignores pas que
les gens d'esprit et de goût ne se
font nul scrupule de décorer leurs
cabinets de nudités de toute espèce, quoique par la crainte qu'ils
ont de blesser l'œil du vulgaire, ils
n'aient garde de les exposer dans
leurs sallons. Passons à mon histoire.

On m'appeloit, étant enfant,
Francis Hill. Je suis née de parens
fort pauvres, dans un petit village
près de Liverpool-Lencashire.

Mon père, qu'une infirmité empêchoit de travailler aux gros ouvrages de la campagne, gagnoit à

faire des filets une très-médiocre
subsistance, que ma mère n'aug-
mentoit guère, en tenant une petite
école de filles dans le voisinage.
Ils avoient eu plusieurs enfans dont
j'étois restée seule.

Mon éducation, jusqu'à l'âge de
quatorze ans, avoit été des plus
communes. Lire, ou plutôt épeler,
grifonner et coudre assez mal, faisoit tout mon savoir. A l'égard de
mes principes, ils consistoient dans
une sorte de retenue et de timidité
naturelle à notre sexe, dont nous
ne nous guérissons que trop tôt aux
dépens de notre innocence.

Ma bonne mère avoit toujours
été tellement occupée de son école
et des petits embarras du ménage,
qu'elle n'avoit employé que bien
peu de temps à m'instruire. Au reste,

A 2

elle étoit trop ignorante du mal,
pour être en état de me donner des
leçons qui pussent m'en garantir.

J'étois entrée dans ma quinzième
année, lorsque les chers et déplo-
rables auteurs de ma vie, mouru-
rent de la petite vérole à quelques
jours l'un de l'autre. Je me trouvai par leur mort une malheureuse
orpheline, sans ressource et sans
amis, (car mon père, qui étoit du
comté de Kent, s'étoit établi par
hasard en cet endroit-là.) Je fus
aussi attaquée de cette maladie
contagieuse, mais fort légèrement,
et sans qu'il m'en restât aucune
marque. Je passe sur la véritable
affliction où cette perte me plongea. Le temps et l'humeur volage
de la jeunesse, n'en effacèrent que
trop tôt de ma mémoire, la triste

et précieuse époque. Une jeune femme , nommée Esther Davis , alors dans notre village , devoit retourner incessamment à Londres , où elle étoit en service : elle me proposa de l'y suivre, m'assurant de m'aider de ses avis et de son crédit, pour me placer.

Comme il n'y avoit personne au monde qui se mît en peine de ce que je deviendrois, j'acceptai sans hésiter l'offre de cette créature , résolue de tenter fortune ; tentative , soit dit en passant , souvent plus funeste qu'avantageuse à l'un et à l'autre sexe.

J'étois enchantée des merveilles qu'Esther Davis me contoit de Londres : il me tardoit d'y être pour voir les lions de la tour, le roi, la famille royale , les mausolées de

P 3

Westminsther, la comédie, l'o-
péra, enfin toutes les jolies choses
dont elle piquoit ma curiosité par
ses agréables récits. Mais ses his-
toires les plus intéressantes étoient,
que nombre de pauvres campagnar-
des avoient trouvé moyen, par leur
bonne conduite, de s'enrichir elles et
les leurs ; que bien des filles vertueu-
ses avoient épousé leurs maîtres,
qui leur faisoient aujourd'hui rou-
ler carosse ; qu'on en connoissoit
même quelques-unes qui étoient de-
venues duchesses ; que le bonheur
faisoit tout, et que nous y pouvions
prétendre aussi bien que les autres.
Encouragée par de si flatteuses
prophéties, je me hâtai de réali-
ser mon petit héritage, dont le restant, les dettes et les frais d'enter-
ment acquités, montoit à huit gui-

nées et dix-sept schelings. J'empa-
quetai ma modeste garde-robe dans
une espèce de boîte à perruque , et
nous partîmes par le chariot de
Chester. Ma conductrice me servit
de mère pendant toute la route , en
considération de quoi elle jugea à
propos de me faire payer son écot
jusqu'à Londres. Elle fit à la vérité les choses en conscience , et
ménagea ma bourse comme si ç'eût
été la sienne.

Lorsque nous fûmes arrivées ,
Esther Davis , sur la protection de
qui je comptois plus que jamais,
me pétrifia par une foible harangue,
dont voici la substance : « Loué
» soit Dieu , nous avons fait un
» bon voyage : ça , je m'en vais
» vîte à la maison ; songez à vous
» mettre en service le plutôt que

» vous pourrez : n'appréhendez pas
» que les places vous manquent, il
» y en a ici plus que de paroisses ;
» je vous conseille d'aller au bu-
» reau (*). Pour moi, si j'entends
» parler de quelque chose, je vous
» en donnerai avis. Vous ferez
» bien en attendant de prendre une
» chambre. Je vous souhaite beau-
» coup de bonheur....J'espère que
» vous serez toujours brave fille, et
» ne ferez point tort à la mémoire
» de vos parens.» Après cette belle
exhortation, elle me fit une courte
révérence, et prit congé de moi.

Je sentis avec une amertume
inexprimable, la cruauté de son
procédé. Elle n'eut pas les talons
tournés, que je fondis en larmes ;

(*) Lieu où les domestiques s'adressent
pour trouver condition.

ce qui me soulagea un peu , mais
point assez pour me tranquilliser
l'esprit sur l'embarras où je me
trouvois. Un des garçons de l'hôtellerie vint mettre le comble à mes
inquiétudes , en me demandant si
je n'avois besoin de rien. Je lui répondis naïvement que non , mais
que je le priois de me faire avoir un
logement pour cette nuit. L'hôtesse
parut, et me dit sèchement , sans
être touchée de l'état où elle me
voyoit , que j'aurois un lit pour un
schelling , et que ne doutant pas
que je n'eusse des amis dans la
ville , je pourrois me pourvoir le
lendemain. Dès que je me vis as-
surée d'un lit, je repris courage , et
résolus d'aller le jour suivant au bu-
reau, dont Esther m'avoit donné l'a-
dresse sur le revers d'une chanson.

L'impatience où j'étois de mettre
mon projet à exécution, me rendit
matineuse. Je mis à la hâte mes
plus beaux atours de village, et
laissant l'hôtesse dépositaire de
mon petit butin, je m'en fus droit
au lieu qui m'étoit indiqué. Une
vieille matrône tenoit cette maison ; elle étoit assise devant une
table avec un gros registre, où paroissoit grifonné par ordre alpha-
bétique, un nombre infini d'a-
dresses.

J'approchai de cette vénérable
personne, les yeux respectueusement baissés, passant à travers une
foule prodigieuse de peuple, tous
rassemblés pour la même cause. Je
lui fis une demi-douzaine de révérences niaises, en lui bégayant ma
très-humble requête.

Elle me donna audience avec toute la dignité et le sérieux d'un petit ministre d'état, et m'ayant toisée de l'œil, elle me répondit après m'avoir fait, au préalable, lâcher un schelling, que les conditions pour femmes étoient fort rares, et sur-tout pour moi qui ne paroissoit guère propre aux ouvrages de fatigue ; mais qu'elle verroit pourtant sur son livre s'il y avoit quelque chose qui me convînt, quand elle auroit expédié quelques-unes de ses pratiques.

Je me retirai tristement en arrière, presque désespérée de la réponse de cette vieille médaille. Néanmoins pour me distraire, je hasardai de promener mes regards sur l'honorable cohue dont je faisois partie, et parmi laquelle j'apperçus une grosse dame à trogne bourgeonnée, d'environ cinquante ans, qui avoit les yeux fixés avidement sur moi, comme si elle eût voulu me dévorer. Je me trouvai d'abord un peu déconcertée ; mais un sentiment secret d'amour-propre me faisant interpréter la chose en ma faveur, je me rengorgeai de mon mieux, et tâchai de paroître le plus à mon avantage qu'il me fut possible. Enfin après m'avoir bien examinée tout son saoul, elle m'approcha d'un air extrêmement composé, et me demanda si je voulois entrer en service ; à quoi je répondis que oui, avec une profonde révérence.

» Vraiment, dit-elle, j'étois ve-
» nue ici à dessein de chercher
» une fille.... je crois que vous
» pourrez

» pourrez faire mon affaire. . . .
» votre physionomie n'a pas besoin
» de répondans.... au moins, ma
» chère enfant, il faut bien pren-
» dre garde ; Londres est un abo-
» minable séjour... ce que je vous
» recommande, c'est de la soumis-
» mission à mes avis, et d'éviter
» sur-tout la mauvaise compa-
» gnie. » Elle ajouta à ce discours, maintes autres phrases plus
que persuasives, pour engeoler
une innocente campagnarde qui se
croyoit trop heureuse de trouver
une telle condition, car je me figu-
rois avoir affaire à une dame fort
respectable.

Cependant la vieille teneuse de
livre, à la vue de laquelle notre
accord s'étoit passé, me sourioit de
façon que j'imaginai sottement

B

qu'elle me congratuloit sur ma
bonne chance ; mais j'ai découvert
depuis que les deux gaupes s'en-
tendoient comme larrons en foire,
et que cette honnête maison étoit
un magasin d'où madame Brown,
ma maîtresse, tiroit souvent des
provisions pour accommoder ses
chalands. Elle étoit si contente de
ma rencontre, que de peur que je
lui échappasse, elle me jetta immédiatement dans un carosse ; et,
ayant été retirer ma boîte de mon
auberge, nous fûmes descendre
droit à son logis, rue de.... L'apparence du lieu, le goût et la pro-
preté des meubles, ne diminua
rien de la bonne opinion que j'a-
vois conçue de ma place. Je ne
doutai pas que je ne fusse dans une
maison des mieux famées.

Aussitôt après mon installation ,
ma maîtresse débuta par me dire
que son dessein étoit que nous vé-
cussions familièrement ensemble ,
qu'elle m'avoit prise moins pour la
servir , que pour lui tenir compagnie , et que si je voulois être bonne
fille , elle feroit plus pour moi
qu'une véritable mère. A quoi je
répondis niaisement , en faisant
deux ou trois ridicules révérences:
Oui-dà, oh ! que si , bien obligée ,
votre servante.

Un moment après elle sonna, et
une grande déguingandée de fille
parut. « Marthe , lui dit madame
» Brown , je viens d'arrêter cette
» jenne personne pour prendre soin
* de mon linge : allez , montrez-
» lui sa chambre. Je vous ordonne
» sur-tout de la regarder comme

» une autre moi-même , car je vous
» avoue que sa figure me plaît au
» point que je ne sais pas ce que je
» serai capable de faire pour elle. »

Marthe, qui étoit une rusée co-
quine des mieux stylée au métier,
me salua respectueusement , et me
conduisit au second étage dans une
chambre sur le derrière , où il y
avoit un fort bon lit, que je devois partager , à ce qu'elle m'ap-
prit, avec une parente de madame
Brown. Après quoi , elle me fit le
panégyrique de sa bonne et chère
maîtresse , m'assurant que j'étois
fort heureuse d'être si bien tom-
bée , qu'il n'étoit pas possible de
mieux rencontrer, qu'il falloit que
je fusse née coëffée ; que je pouvois me vanter d'avoir fait un ex-
cellent hasard. En un mot , elle me

dit cent autres platitudes de cette
espèce, capables de me faire ou-
vrir les yeux, si j'avois eu la moindre expérience.

On sonna une seconde fois : nous
descendîmes, et je fus introduite
dans une salle où la table étoit
dressée pour trois. Ma maîtresse
avoit alors avec elle sa préten-
due parente, sur qui les affaires
de la maison rouloient. Mon éducation devoit être confiée à ses
soins, et suivant ce plan, on étoit
convenu que nous coucherions ensemble.

Ici je subis un nouvel examen de
la part de mademoiselle Phœbé,
ma tutrice, qui eut la bonté de me
trouver aussi de son goût. J'eus
l'honneur de dîner entre ces deux
dames, dont les attentions et les

B 3

empressemens alternatifs, me ra-
vissoient l'ame.

Il fut arrêté que je garderois la
chambre pendant qu'on me feroit
des habits convenables à l'état que
je devois tenir auprès de ma maîtresse ; mais ce n'étoit qu'un prétexte. Madame Brown ne vouloit
pas que personne me vît jusqu'à ce
qu'elle eût trouvé un marchand
pour mon pucelage, que ma simplicité lui faisoit juger que j'avois
encore.

Depuis le dîner jusqu'au soir, il
ne se passa rien qui mérite d'être
rapporté. L'heure de la retraite
étant arrivée, nous montâmes chacune à notre appartement. Phœbé,
qui s'apperçut que j'avois de la
honte à me déshabiller en sa présence, m'enleva, dans la minute,

mouchoir de cou , robe et cotillons. Alors rougissant de me voir
ainsi nue , je me fourrai comme
un éclair entre les draps , où la
commère ne tarda pas à me suivre.
Phœbé avoit environ vingt-cinq
ans , et paroissoit en avoir dix de
plus par ses longs et fatiguans services , ce qui l'avoit réduite au
métier d'appareilleuse avant le
temps.

L'égrillarde ne fut pas plutôt à
mon côté, qu'elle m'embrassa d'une
ardeur incroyable. Je trouvai ce
manège aussi nouveau que bisarre;
mais l'imputant à la seule amitié,
je lui rendis , de la meilleure foi
du monde, baisers pour baisers :
encouragé par ce petit succès, elle
promena ses mains sur les parties
les plus secrètes de mon corps ; et

ses attouchemens libres et lascifs , m'émûrent et me surprirent davantage , qu'ils ne me scandalisèrent.

Les éloges séducteurs dont elle assaisonnoit ses caresses , achevèrent de me gagner. J'etois d'autant moins épouvantée de ses transports, que je n'y connoissois aucun mal. Le badinage commençant à me plaire, j'éprouvai, pour la première fois, un plaisir que j'avois ignoré jusqu'alors. Un feu subtil se glissa dans mes veines, et m'embrâsa pour ainsi dire jusqu'à l'ame. Ma gorge, ou plutôt mes deux petits tétons naissans, fermes et polis, irritant de plus en plus ses désirs, elle porta la main sur cette imperceptible trace, qu'un jeune duvet de soie garnissoit depuis

quelques mois , et qui promettoit
d'ombrager un jour l'agréable réduit des plus délicieuses sensations. Ses doigts jouoient et tâ-
choient d'alonger les tendres scions
de cette charmante mousse que la
nature fait croître autant pour l'ornement que pour l'utilité.

Mais non contente de ces pré-
ludes , elle tenta le principal point,
et introduisit par gradation son
index jusqu'au vif ; ce qui m'auroit sans doute fait sauter hors du
lit , et crier au secours , si elle ne
s'y étoit pas prise si doucement.
Enfin la Messaline triompha. Je
restai entre ses bras dans une espèce d'anéantissement si délectable , que j'aurois souhaité qu'il ne
cessât jamais. « Ah ! s'écrioit-elle ,
» en me tenant toujours serrée ,

» que tu es une aimable enfant !...
» Quel sera le mortel assez heu-
» reux pour te rendre femme ?....
» Dieux ! que ne suis-je homme ! »
Elle interrompit ces expressions
entrecoupées, par les baisers les
plus chauds et les plus lubriques
que j'aie reçus de ma vie. J'étois
si transportée, mes sens étoient
tellement confondus, que j'aurois
peut-être expiré, si des larmes délicieuses qui m'échappèrent dans la
vivacité du plaisir, n'eussent en
quelque manière, calmé le feu dont
je me sentois dévorée.

Phœbé, l'impudique Phœbé, à
qui tous les genres de paillardises
étoient connus, avoit pris, selon
toute apparence, ce goût bisarre,
en éduquant de jeunes filles. Ce
n'étoit pas néanmoins qu'e le eût

de l'aversion pour les hommes , ou
qu'elle ne les préférât à notre sexe ;
mais un penchant insurmontable
pour les plaisirs , les lui faisoit
prendre indistinctement de quelque façon qu'ils se présentassent.
Rien , en un mot , n'étant capable
de la rassassier , elle jeta tout-à-
coup le drap au pied du lit , et je
me trouvai la chemise au-dessus des
épaules , sans que j'eusse la force
de me dérober à ses regards luxurieux ; car la chandelle brûlant encore , elle pouvoit me voir à son
aise. Je ne saurois m'empêcher de
l'avouer , si je rougis alors , c'étoit
moins de modestie que de desirs.

« Non, me disoit-elle , ma chère
» poule, non , tu ne me cacheras
» pas tant de beautés : il faut que ma
» vue soit satisfaite aussi bien que

» mes mains ; je veux dévorer des
» yeux cette gorge naissante. . . .
» Laisse-la moi baiser.... je ne l'ai
» point assez considérée... que je
» la baise encore une fois... Ciel !
» quelle peau délicate et ferme !...
» quelle blancheur !... l'admirable
» corsage !... oh ! le charmant du-
» vet !... De grace, souffre que je
» voie cette jolie petite fente....
» C'en est trop. . . je n'en peux
» plus... il faut... il faut... » Ici
elle se saisit de ma main, et la porta
à l'endroit où l'on sait. Mais que
les mêmes choses sont quelquefois
différentes ! une épaisse et forte toi-
son couvroit le large orifice de
cette énorme cavité, je crus que je
m'y perdrois toute entière. Cependant après s'être bien démenée, son
ardeur se ralentit : elle soupira profondément,

fondément, et je me sentis aussitôt
certaine moîteur glutineuse entre
les doigts, dont l'expérience m'a
depuis développé la cause. Nous
ne mîmes fin à ces agréables récréa-
tions, que pour céder aux douceurs
du sommeil qui nous accabloit. Je
passai le reste de la nuit dans un
repos léthargique, et ne m'éveillai
le lendemain qu'à dix heures, parfaitement refaite de mes fatigues.

Madame Brown entra comme nous
sortions du lit : je tremblois qu'elle
ne me grondât de m'être levée si
tard : mais tout au contraire, elle
me mangea de caresses, et me dit
les choses du monde les plus flatteuses, après quoi on se mit à m'é-
quiper promptement, pour me faire
paroître avec décence devant un
des chalands de la maison, qui at-

C

tendoit déjà que je fusse visible. Je
puis dire sans vanité, que malgré
tous les soins que l'on prit pour me
parer, la nature faisoit mon plus
grand ornement. J'étois d'une taille
avantageuse et faite au tour : j'a-
vois les cheveux noirs, la peau
d'un blanc à éblouir, les traits du
visage réguliers. J'avois de grands
yeux bleus, pleins de feux : ma
gorge étoit parfaite ; en un mot,
je faisois un morceau de roi. Aussitôt ma toilette achevée, nous descendîmes, et madame Brown me
présenta à un vieux cousin de nouvelle création, qui, après m'avoir
saluée, m'appuya sur la bouche un
baiser dont je l'aurois volontiers
dispensé. En effet, on ne pouvoit
guère voir une plus désagréable
figure : que l'on se représente un

homme de soixante ans passés , petit et contrefait , de couleur de cadavre , avec de gros yeux de bœuf , une bouche fendue jusqu'aux oreilles , garnie de deux ou trois défenses au lieu de dents , une haleine pestilentielle , enfin un monstre dont le seul aspect faisoit horreur.

C'étoit-là le gentilhomme à qui ma bienfaitrice, son ancienne pourvoyeuse, me destinoit. Suivant ce beau projet , elle me fit tenir droite devant lui , me tourna tantôt d'une façon , tantôt d'une autre, et détachant mon mouchoir , lui fit remarquer les mouvemens, la forme et la blancheur de ma gorge. Quand on crut le bouc suffisamment prévenu par cet échantillon de mes charmes , Phœbé me reconduisit à ma chambre, et ayant fermé la porte, elle me demanda mystérieusement si je ne serois pas bien aise d'avoir un aussi beau cavalier pour mari, (je suppose qu'elle lui donnoit le titre de beau, parce qu'il étoit galonné.) Je répondis naïvement que je ne songeois point au mariage, mais que si jamais j'avois un choix à faire, ce seroit parmi les gens de ma sorte, me figurant que tous les beaux cavaliers étoient faits sur le modèle de ce hideux animal.

Tandis que Phœbé employoit sa réthorique à me persuader en sa faveur, maman Brown, ainsi que je l'ai ouï dire depuis, l'avoit taxé à cinquante guinées, pour la seule permission d'avoir un entretien préliminaire avec moi, et à cent de

plus, au cas qu'il obtînt l'accom-
plissement de ses desirs, le laissant maître de me récompenser
comme il le jugeroit à propos. Le
marché fut à peine conclu, qu'il
prétendit qu'on lui livrât la marchandise sur-le-champ. On eut beau
lui représenter que je n'étois pas
encore préparée à une pareille at-
taque, qu'il falloit tâcher de m'ap-
privoiser avant de brusquer les
choses ; que timide et jeune comme
je l'étois, on risqueroit de m'effa-
roucher et de me rebuter par trop
de précipitation. Discours inutiles !
tout ce qu'on put obtenir de lui,
fut qu'il patienteroit jusqu'au soir.

Pendant le dîner, mes deux em-
baucheuses ne cessèrent d'exalter le
merveilleux cousin, et me dirent
que j'avois eu le bonheur de le

rendre sensible dès la première
vue.... qu'il me feroit ma fortune ,
si je voulois être bonne fille , et ne
point écouter mon caprice.... que
je pouvois compter sur son honneur.... que je serois au niveau des
plus grandes dames du royaume.
Elles ajoutèrent à ces fastidieux
propos, maintes autres bêtises capables de tourner la tête d'une
pauvre innocente telle que moi ,
si l'aversion insurmontable que j'a-
vois pour lui , n'eût rendu leur ba-
bil sans effet.

La séance fut si longue , qu'il
étoit environ sept heures quand
nous sortîmes de table. Je montai
à ma chambre : notre vénérable
abbesse me suivit incontinent après,
escortée de mon effroyable satyre.
L'introduction faite , elle me dit

qu'une affaire de la dernière im-
portance la forçoit de nous quitter,
que je l'obligerois sensiblement de
vouloir bien tenir compagnie à son
cher cousin jusqu'à son retour.
« Pour vous, monsieur, ajouta-
» t-elle, songez par vos atten-
» tions et vos manières à vous
» rendre digne de l'affection de
» cette aimable enfant. Adieu :
» ne vous ennuyez point. » En
proférant ces derniers mots, la
perfide étoit presque au bas de
l'escalier. Je m'attendois si peu
à ce départ précipité, que je tombai
sur le sopha comme pétrifiée. Le
vieux pénard se mit aussitôt près
de moi, et voulant m'embrasser,
son haleine infecte me fit évanouir.
Alors, profitant de l'état où j'étois,
il me découvrit brusquement la

gorge , qu'il profana de ses regards et de ses attouchemens im-
purs. Encouragé par cet heureux
début , l'infâme m'étendit de mon
long , et eut l'audace de glisser
une de ses mains sous mes jupes :
cette outrageante tentative me
rappela tout-à-coup à la vie. Je
me relevai avec promptitude, et le
suppliai , fondant en larmes , de
ne me faire aucune insulte. « Qui?
» moi , ma chère , dit-il , vous
» faire insulte ! ce n'est pas mon
» intention. Est-ce que la vieille
» matrone ne vous a pas appris
» que je vous aime ? que je suis
» dans le dessein de..... Je sais
» cela, monsieur, interrompis-je ;
» mais je ne saurois vous aimer
» sincèrement , je ne le puis.....
» de grace , laissez-moi.... oui ,

» je vous aimerai de tout mon
» cœur, si vous voulez me laisser
» et vous en aller. » C'étoit parler
en l'air. Mes pleurs ne servirent qu'à
l'enflammer davantage; il m'étendit
de nouveau sur le sopha, et après
m'avoir jeté la chemise par-dessus
la tête, le vilain fit, en soufflant
et mugissant comme un taureau,
des efforts qui se terminèrent par
une libation involontaire, dont je
sentis les effets sur mes cuisses. Ce
bel exploit achevé, il me vomit,
dans sa rage, toutes les horreurs
imaginables. Je les écoutois avec
d'autant moins d'impatience, que
je me flattois de n'avoir plus rien
à redouter de ses brutales entre-
prises.

Cependant, les pleurs qui cou-
loient de mes yeux, mes cheveux

épars, ma gorge nue, en un mot,
le désordre attendrissant où j'étois,
ranimèrent sa luxure. Il radoucit
le ton, et me dit que si je voulois
me prêter de bonne grace avant
que la vieille revìnt, il me rendroit
son affection ; mais la crainte et
la haine me tenant lieu de force,
je le repoussai avec une violence
extrême, et m'étant saisi de la
sonnette, je la secouai tant que la
servante monta.

Quoique Marthe fût accoutumée
dès long-temps aux scènes de cette
espèce, elle ne put me voir en-
sanglantée et chiffonnée comme je
l'étois sans émotion ; de sorte qu'elle
me pria immédiatement de descendre, et de me laisser reprendre
mes sens, lui promettant que madame Brown et Phœbé rajusteroient

les choses à leur retour.... qu'il n'y auroit rien de perdu pour laisser respirer un peu la pauvre petite..... qu'en son particulier elle ne savoit que penser de tout ceci ; mais qu'elle ne me quitteroit pas que sa maîtresse ne fût rentrée. Le vieux singe, voyant qu'il seroit inutile de persister, sortit de ma chambre, plein de rage, et me délivra de son abominable figure.

Marthe jugea, au pitoyable état où j'étois, que j'avois besoin de repos : elle me déshabilla sur-le-champ, et me mit au lit. Mes deux appareilleuses rentrèrent à onze heures, et sur le récit que ma libératrice leur fit des procédés brutaux du faux cousin à mon égard, les perfides employèrent tous les soins imaginables pour me rassurer et me tranquilliser l'esprit. Cependant elles se flattoient que ce n'étoit que partie remise, et que je leur ferois gagner tôt ou tard le restant du marché ; mais heureusement je n'en eus que la peur. Le lendemain au soir , j'appris avec une joie extrême, que l'homme en question venoit d'être arrêté pour dettes. Notre mère abbesse , persuadée par le mauvais succès de cette première épreuve , qu'il falloit , avant de faire de nouvelles tentatives , essayer d'adoucir mon humeur sauvage , crut que le plus sûr moyen étoit de me livrer aux instructions d'une troupe de femelles qu'elle entretenoit à la maison. Conformément à ce beau projet , elles eurent toutes la liberté de me voir.

En

En effet, l'air délibéré de ces
créatures, leur gaîté, leur étour-
derie me gagnèrent tellement le
cœur, qu'il me tardoit d'être agré-
gée parmi elles. La timide retenue,
la modestie, la pureté des mœurs
que j'avois apportée de mon village, se dissipèrent en leur compagnie, comme la rosée du matin
disparoît aux rayons du soleil.

Madame Brown me gardoit pourtant toujours sous ses yeux jusqu'à
l'arrivée d'un seigneur avec qui
elle devoit trafiquer de ce joyau
frivole qu'on prise tant, et que
j'aurois donné pour rien au premier crocheteur qui auroit voulu
m'en débarrasser ; car dans le court
espace que j'avois été livrée à mes
compagnes, j'étois devenue si
bonne théoricienne, qu'il ne me

D

manquoit que l'occasion pour mettre leurs leçons en pratique. Jus-
ques-là je n'avois encore entendu
que des discours ; je brûlois de
voir des choses ; le hasard me sa-
tisfit sur cet article, lorsque je
m'y attendois le moins. Un jour,
vers le midi , que j'étois dans une
petite garde-robe obscure , séparée
de la chambre de madame Brown
par une porte vitrée , j'entendis
je ne sais quel bruit qui excita ma
curiosité. Je me glissai tout doucement , et me postai de façon
que je pouvois tout voir sans être
vue. C'étoit notre révérende mère
prieure elle - même , suivie d'un
jeune grenadier à cheval , grand ,
bien découplé , et selon les appa-
rences , un héros dans les joyeux
ébats.

Je n'osois faire le moindre mouvement, ni respirer, de peur de manquer, par mon imprudence, l'occasion d'un spectacle que je soupçonnois devoir être fort intéressant. Mais la paillarde avoit l'imagination trop pleine de son objet présent, pour que toute autre chose fût capable de la distraire. Elle s'étoit assise sur le pied du lit, vis-à-vis la porte de la garderobe, d'où je ne perdis pas un coup-d'œil de ses monstrueux et flasques appas. Son champion avoit l'air d'un vivant de bon appétit et expéditif. En effet, il posa sans cérémonie ses larges mains sur les effroyables mamelles, ou plutôt sur les pesantes et longues calebasses de la mère Brown. Après les avoir patinées quelques instans avec

D 2

autant d'ardeur que si elles en
avoient valu la peine , il la jeta
brusquement à la renverse , et
couvrit de ses cotillons sa face
bourgeonnée. Tandis que le drôle
se débrailloit et mettoit culotte
bas , mes yeux eurent le loisir de
faire la revue des plus énormes
choses qu'il soit possible de voir ,
et qu'il n'est pas aisé de définir.
Qu'on se représente une paire de
cuisses courtes et grasses , d'un vo-
lume inconcevable , terminées en
haut par une horrible échancrure
hérissée d'un buisson épais de crin
noir et blanc , on n'en aura encore
qu'une idée imparfaite. Mais voici
ce qui occupa toute mon attention.
Le héros produisit au grand jour
cette merveilleuse et superbe pièce
qui m'avoit été inconnue jusqu'a-

lors , et dont le coup-d'œil sym-
pathique me fit sentir des chatouil-
lemens presqu'aussi délectables
que si j'en eusse réellement joui.
Madame Brown l'empoigna , et
l'ayant placée à l'entrée de son
effroyable embrasure , le gars se
laissa tomber sur elle. Aussi-tôt ,
les secousses du lit , le bruit des
rideaux , leurs soupirs mutuels ,
m'annoncèrent qu'il avoit donné
dans le but. La vue d'une scène
si touchante porta le coup mortel
à mon innocence.

Pendant la chaleur de l'action ,
je glissai ma main sous ma chemise , et pénétrant du bout du doigt
le réduit des voluptés aussi avant
que je le pus , je tembai tout-à-
coup dans cette délicieuse extase
où la nature , accablée de plaisirs ,

D 3

semble se confondre et s'anéantir.

Quand j'eus assez repris mes sens,
pour être au reste de la fête, j'apperçus la vieille futaille embras-
sant comme une forcenée son grenadier, qui paroissoit en cet instant plus rebuté que touché de ses
caresses. Mais une rasade d'esprit
de genièvre qu'elle lui fit avaler,
et certain mouvement officieux d'un
poignet adroit et souple, lui rendirent bientôt son premier état.
Alors j'eus tout le loisir de remarquer le méchanisme admirable
de cette machine essentielle de
l'homme, dont je vis distinctement
et à ma grande satisfaction la seconde épreuve.

Avant de le congédier, madame
Brown lui mit trois ou quatre guinées dans la main. Le drôle étoit

non-seulement son favori , mais
celui de toute la maison. Elle avoit
eu grand soin de me tenir cachée ,
de crainte qu'il n'eût pas la patience d'attendre l'arrivée du seigneur à qui mes prémices étoient
destinées ; car on ne se seroit point
avisé de lui disputer son droit
d'aubaine.

Aussi-tôt qu'ils furent descendus,
je volai à ma chambre , où , m'é-
tant renfermée , je me livrai inté-
rieurement aux douces émotions
qu'avoit fait naître en mon cœur
le spectacle dont je venois d'être
témoin. Je me jetai sur mon lit
dans une agitation insupportable ,
et ne pouvant pas résister au feu
qui me dévoroit , j'eus recours à la
triste ressource du manuel des so-
litaires ; mais , malgré mon impa-

tience , la douleur que l'intromis-
sion de mon doigt me fit , m'empêcha de poursuivre , jusqu'à ce
que Phœbé m'eût donné là-dessus
de plus amples instructions.

Quand nous fûmes ensemble , je
la mis sur cette voie , en lui faisant un narré fidèle de ce que
j'avois vu. Elle me demanda quel
effet cela avoit produit en moi.
Je lui avouai naïvement que j'a-
vois ressenti les desirs les plus
violens , mais qu'une chose m'em-
barrassoit beaucoup. Et qu'est-ce
que c'est, dit-elle, que cette chose ?
« Eh! mais, répondis-je, cette terri-
» ble machine qui m'a paru pour le
» moins aussi grosse que mon poi-
» gnet, et longue de plus d'un pied,
» comment est-il possible qu'elle
» puisse entrer sans me faire mou-

» rir de douleur, puisque vous
» savez que je ne saurois y souffrir
» le petit doigt ?.... A l'égard de
» celui de ma maîtresse et du
» vôtre, je conçois aisément, par
» leurs dimensions, que vous ne
» risquez rien. Enfin, quelque dé-
» lectable qu'en soit le plaisir,
» je crains d'en faire l'essai. »

Phœbé me dit en riant qu'elle
n'avoit pas encore ouï personne se
plaindre qu'un semblable instrument eût jamais fait de blessures
mortelles en ces endroits-là, et
qu'elle en connoissoit d'aussi jeunes
et d'aussi délicates que moi qui
n'en étoient pas mortes.... qu'à la
vérité, nos bijoux n'étoient pas
tous de la même mesure ; qu'à un
certain âge, après quelque temps
d'exercice, cela se prêtoit comme

un gant : qu'au reste , si celui-là me
faisoit peur , elle m'en procureroit
un d'une taille moins monstrueuse.
« Vous connoissez , poursuivit-
» elle , Polly Phillips. Un jeune
» italien l'entretient ici , et vient
» la voir deux ou trois fois la
» semaine ; elle le reçoit dans le
» petit cabinet du premier étage ;
» on l'attend demain. Je veux vous
» faire voir ce qui se passe en-
» tr'eux , d'une place qui n'est
» connue que de madame Brown
» et de moi. »

Le jour suivant , Phœbé , ponc-
tuelle à remplir sa promesse , me
conduisit par l'escalier dérobé dans
un petit réduit obscur , d'où nous
pouvions voir sans être vues. Les
acteurs parurent bientôt , et après
de mutuelles embrassades de part

et d'autre, le jeune homme se déshabilla jusqu'à la chemise. Polly,
à son exemple, en fit autant avec
toute la diligence possible. Alors,
comme s'il eût été jaloux du linge
qui la couvroit, il la mit en un
clin-d'œil toute nue, et exposa
à nos regards les membres les
mieux proportionnés et les plus
beaux qu'il fût possible de voir.

Polly n'avoit pas plus de dix-
sept ans. Les traits de son visage
étoient réguliers, délicats et doux.
Sa gorge étoit blanche comme de la
neige, parfaitement ronde, et assez
ferme pour se soutenir d'elle-même,
sans aucun secours artificiels :
deux charmans boutons de corail,
distans l'un de l'autre, en faisoient remarquer la séparation. On
voyoit ensuite un ventre plus poli

que l'ivoire, au bas duquel paroissoit à peine une petite ouver-
ture qui sembloit fuir par modestie,
et se cachoit entre les plus belles
cuisses du monde. Un jeune duvet
épais et noir en ombrageoit le délicieux orifice. En un mot, Polly
étoit un vrai modèle de peinture
et le triomphe des nudités.

  L'italien ne pouvoit se lasser
de la contempler : ses mains, aussi
avides que ses yeux, la parcou-
roient de tous sens. Pendant cet
agréable badinage, sa chemise,
qui haussoit par - devant, faisoit
juger de la condition des choses
qu'on ne voyoit pas ; mais il les
montra bientôt dans tout leur bril-
lant, en se dépouillant à son tour
du linge qui les cachoit. Ce jeune
étranger pouvoit avoir alors en-
                          viron

viron vingt-deux ans : il étoit
grand, bien fait, taillé en Her-
cule, et sans être beau, d'une
figure fort revenante. Son joyeux
instrument sortoit avec pompe d'un
taillis épais et frisé : sa roideur et
sa grosseur extrême me firent frissonner de crainte pour la tendre
petite partie qui alloit souffrir ses
brusques assauts ; car il avoit déjà
jeté la victime sur le lit, et l'avoit
placée de façon que je voyois tout
à mon aise. Ses cuisses bien écartées découvroient à mes yeux le
centre des plaisirs, dont les lèvres
vermeilles formoient une espèce de
lozange en mignature, que le co-
loris de Rubens n'auroit pu imiter.

Alors Phœbé me poussa doucement, et me demanda si je croyois
l'avoir plus petit ; mais j'étois trop

E

attentive à ce que je voyois pour
être capable de lui répondre. Le
gars en ce moment approchant du
but, son fier brandon ne menaçoit
pas moins que de fendre la charmante enfant, qui lui sourioit et
sembloit défier sa vigueur. Il le
guida lui-même, en séparant du
bout des doigts les lèvres délicieuses de cette jolie fente, et
après quelques coups auxquels la
combattante ripostoit, l'ayant in-
troduit à moitié, il le retira pour
le mouiller. Enfin, il l'introduisit
de nouveau, et le plongea jusqu'à la garde. L'aimable Polly laissa
échapper en cet instant un profond
soupir qui n'étoit rien moins qu'oc-
casionné par la douleur. Le héros
pousse, elle répond en cadence à
ses mouvemens; mais bientôt leurs

transports réciproques augmentent
à un tel degré de violence , qu'ils
n'observent plus aucune mesure.
Leurs secousses étoient trop rapi-
des et trop vives , leurs baisers trop
ardens, pour que la nature pût y suf-
fire : ils étoient confondus , anéantis l'un dans l'autre. « Ah ! ah !...
» je n'y saurois tenir.... c'en est
» trop.... j'évanouis.... j'expire....
» je meurs. » C'étoient les expressions entrecoupées qu'ils lâ-
choient mutuellement dans cette
douce agonie. Le champion , en
un mot , faisant ses derniers efforts , annonça , par une langueur
subite répandue dans tous ses
membres , qu'il touchoit au plus
délicieux moment. La tendre Polly
annonça qu'elle y touchoit aussi ,
en jettant ses bras avec fureur , et

E 2

perdant l'usage de ses sens dans l'excès du plaisir.

Quand il se fut retiré, elle resta quelques instans encore sans mouvemens, les cuisses toujours écartées, au moyen de quoi il étoit aisé de discerner une espèce d'écume blanche sur le bord des lèvres de cette récente blessure, dont le dedans le disputoit pour la couleur au plus beau carmin. Elle sortit de son évanouissement à la fin, et sautant au cou de son ami, il parut, par les nouvelles caresses que la friponne lui prodigua, que l'essai qu'elle venoit de faire de sa vigueur ne lui avoit point déplu.

Je n'entreprendrai pas de décrire ce que je sentis pendant cette scène : il suffit que tu saches que je fus guérie de toutes mes frayeurs,

et que j'étois si pressée de mes besoins , que j'aurois tiré par la
manche le premier homme qui se
seroit présenté, pour le supplier de
me débarrasser de ce poids qui
m'étoit désormais insupportable.

Phœbé , quoique plus accoutumée que moi à de semblables fêtes,
ne put être témoin de celle-ci sans
être émue. Elle me tira doucement
de ma place d'observation , et me
conduisit du côté de la porte. Là,
faute de chaise et de lit , elle
m'adossa contre le mur , et m'ayant
levé les jupes , la luxurieuse me
mania cette partie où je sentois de
si violentes irritations. Le bout de
son doigt fit un effet aussi prompt
que le feu sur la poudre. Je lui
laissai dans la main une preuve de
la force dont ce touchant spec-

E 3

tacle m'avoit affectée. Alors , satisfaite par le soulagement que je
venois de recevoir , nous revînmes
à notre poste.

L'italien étoit assis sur le lit vis-
à-vis de nous : Polly , assise sur un
de ses genoux , le tenoit embrassé :
leurs langues enflammées , collées
l'une contre l'autre , sembloient
vouloir pomper le plaisir dans sa
source la plus pure.

Pendant ce tendre badinage ,
Messire Jean Chouart avoit repris
une nouvelle vie. Tantôt la folâtre
Polly le pelotoit, le secouoit comme
font les petits enfans leurs hochets :
tantôt elle le pressoit et le serroit
entre ses cuisses ; quelquefois elle
le plaçoit entre ses charmans tétons
comme un gros bouton de rose. Le
jeune homme , de son côté , après

avoir épuisé en la caressant toutes
les ressources de la luxure, se jeta
tout-à-coup à la renverse, et la
tira sur lui. La friponne empoigne
le dard avec un courage héroïque,
et se l'enfonce jusqu'à l'extrémité.
Elle demeura ainsi quelques instans jouissant de son attitude, tandis que le paillard s'amusoit à lui
claquer légèrement les fesses. Mais
bientôt l'aiguillon du plaisir les
embrâsant de nouveau, ce ne fût
plus qu'une confusion de soupirs
et de mots mal articulés. Il la serre
étroitement dans ses bras, elle le
serre dans les siens, la respiration leur manque, et ils restent
tous deux sans donner aucun signe
de vie, plongés et absorbés dans
la plus délicieuse extase.

J'avoue qu'il ne me fut pas pos-

sible d'en voir davantage : cette
dernière scène m'avoit tellement
mise hors de moi-même, que j'en
étois devenue furieuse. Je saisis
Phœbé comme si elle avoit eu de
quoi me satisfaire. Elle eut pitié
de moi, et me faisant signe de la
suivre, nous nous retirâmes dans
notre chambre. La première chose
que je fis fut de me jeter sur le
lit : ma compagne s'y étant mise
aussi, me demanda si je me sentois maintenant l'humeur guer-
rière, ayant eu le temps de re-
connoître l'ennemi. Je ne lui répondis qu'en soupirant ; elle me
prit alors la main, et la conduisit
sous sa chemise à l'endroit où j'aurois voulu rencontrer le véritable
objet de mes desirs ; mais ne trouvant qu'un terrain plat et creux, je

me serois retirée brusquement si
je n'avois craint de la désobliger.
Je me prêtai donc à son caprice,
et lui laissai faire de mes doigts ce
qu'il lui plut. Quant à moi, je
languissois désormais pour quelque
chose de plus solide, et n'étois pas
d'humeur à me contenter de ses
amusemens insipides, si madame
Brown n'y pourvoyoit bientôt. Je
sentois même qu'il me seroit bien
difficile de différer jusqu'à l'arrivée
de mylord B..... quoi qu'on l'at-
tendît incessamment. Par bonheur
je n'eus pas besoin de lui ni de
ses présens. L'amour, lorsque je
l'espérois le moins, disposa de
mon sort.

Deux jours après l'aventure du
cabinet, m'étant levée par hasard
plus matin qu'à l'ordinaire, et tout

le monde dormant encore, je descendis pour prendre le frais dans
un petit jardin dont l'entrée m'étoit
interdite quand il y avoit des chalands au logis. Je fus extrêmement
surprise, en voulant traverser une
salle, de voir un jeune homme qui
dormoit profondément dans le fau-
teuil. Je m'approchai, par un mouvement naturel aux femmes, pour
voir sa physionomie. Mais, ô ciel !
il n'est pas possible d'exprimer l'im-
pression subite que fit sur moi cette
charmante vue. Non, cher et doux
objet de mes tendres inclinations,
je n'oublierai jamais cet instant
fortuné, où mes yeux émerveillés
t'adorèrent pour la première fois....
il me semble que je te revois dans
la même attitude.

Figure-toi, ma bonne amie, un

Figure toi ma bonne amie un Garçon de 18 a
19 ans fait au moule et beau comme les
anges

garçon de dix-huit à dix-neuf
ans, fait au moule, et beau comme
les anges, ou plutôt, rappelle-toi
toutes les grâces du fils de Vénus,
et l'état ravissant où la tendre Phœbé le surprit lorsqu'elle le trouva
endormi. Le cœur me battoit ; je
tremblois de tous mes membres
dans la perplexité où j'étois. Je ne
savois quel parti prendre. Je n'aurois pas voulu, pour tous les biens
du monde, laisser échapper l'occasion de lui parler, et cependant
je n'osois tenter l'aventure, tant
j'étois retenue par la crainte. Enfin,
mon amour m'enhardit ; je lui pris
doucement la main, et l'éveillai.
Il parut d'abord étonné et comme
fâché que j'eusse interrompu son
sommeil ; mais après m'avoir considérée, il me demanda quelle heur:

il étoit. Je le lui dis, et ajoutai
que je craignois qu'il ne s'enrhu-
mât en restant ainsi exposé à l'air.
Il me remercia avec une douceur
qui répondoit admirablement à
celle de ses yeux. Il ne doutoit
pas que je ne fusse une des pen-
sionnaires du bercail, et que je ne
vinsse pour lui offrir mes services.
Néanmoins, soit qu'il craignît de
m'offenser, et que sa politesse naturelle le retint dans les bornes de
l'honnêteté, il me parla le plus
civilement du monde, et me
donna un baiser ; il me dit que
si je voulois passer une heure avec
lui, je n'aurois pas lieu de m'en
repentir. Quoique mon amour nais-
sant m'y invitât, la crainte d'être
surprise par les gens de la maison
me retenoit.

Je

Je lui dis que, pour des motifs
que je n'avois pas le loisir de lui
expliquer, je ne pouvois rester plus
long-temps en sa compagnie, et
que peut-être je ne le reverrois de
mes jours, ce que je ne pus pro-
férer sans laisser échapper un soupir du fond du cœur. Cet aimable
garçon, qui, à ce que j'ai su depuis, n'avoit pas moins été frappé
de ma figure que moi de la sienne,
me demanda précipitamment si je
voulois qu'il m'entretînt, ajoutant
qu'il me mettroit en chambre sur-
le-champ, et payeroit ce que je
devois dans la maison. Quelque
folie qu'il y eût à accepter une pareille offre de la part d'un inconnu, qui étoit trop jeune pour
qu'on pût avec prudence se fier à
ses promesses ; le violent amour

F

dont je me sentois éprise pour lui,
ne me laissa point le temps de dé-
libérer: Je lui répondis toute tremblante que je me jetois entre ses
bras, et m'abandonnois aveuglé-
ment à lui, soit qu'il fût sincère
ou non. Il y avoit déjà quelques
temps que, pour ne pas courir les
mauvais hasards de la ville, il cher-
choit une fille qui lui convînt :
ma bonne fortune voulut qu'il me
trouvât à son gré, et que nous
fissions immédiatement le marché.

Notre petit plan fut que je m'é-
chapperois le jour suivant, vers
les sept heures du matin, et qu'il
m'attendroit dans un carosse au
bout de la rue. Je lui recommandai
de ne pas donner à connoître qu'il
m'eût vue, pour des raisons que
je lui dirois à loisir. Ensuite, de

peur de faire échouer notre projet
par indiscrétion , je m'arrachai de
sa présence , et remontai sans bruit
à ma chambre. Phœbé dormoit encore : je me déshabillai promptement , et me remis au lit , le cœur
mêlé de joie et d'inquiétude.

Cependant, le seul espoir de satisfaire ma flamme dissipa petit-à-
petit toutes mes craintes. Mon ame
étoit tellement occupée de cet
adorable objet , que j'aurois versé
tout mon sang pour le voir et jouir
de lui un instant. Il pouvoit faire
de moi ce qu'il vouloit , ma vie
étoit à lui , je me serois crue trop
heureuse de mourir d'une main si
chère.

Je passai dans de semblables réflexions ce jour-là , qui me parut
une éternité. Combien de fois ne

me prit-il pas envie d'avancer la
pendule , comme si ma main eût pu
hâter le temps ! Je suis surprise
que les gens de la maison ne re-
marquèrent pas quelque chose d'extraordinaire en moi ; sur-tout lorsqu'à dîner on vint à parler de cet
adorable mortel , qui avoit déjeûné
au logis. Ah ! s'écrioient mes compagnes , qu'il est beau ! qu'il est
complaisant , doux et poli ! elles
se seroient arraché le bonnet et les
yeux pour lui. Je laisse à penser si
de pareils discours diminuoient le
feu qui me consumoit. Néanmoins ,
l'agitation où je fus toute la journée
produisit en moi un bon effet. Je
dormis assez bien jusqu'à cinq
heures du matin. Je me glissai incontinent hors du lit , et m'étant
habillée en un clin-d'œil , j'attendis

avec autant d'impatience que de crainte, le moment heureux de ma délivrance. Il arriva enfin, ce délicieux moment. Alors, encouragée par l'amour, je descendis sur la pointe du pied, et gagnai la porte dont j'avois escamoté la clef à Phœbé. Dès que je fus dans la rue, je découvris mon ange tutélaire qui m'attendoit. Voler comme un trait à lui, sauter dans le carosse, me jeter à son cou, et fouette cocher, tout cela ne fut qu'un.

Un torrent de larmes, les plus douces que j'aie versées de ma vie, coula immédiatement de mes yeux. Mon cœur étoit à peine capable de contenir la joie que je ressentois de me voir entre les bras d'un si beau garçon. Il me juroit, chemin faisant, dans les termes les plus pas-

F 3

sionnés, qu'il ne me donneroit jamais sujet de regretter la démarche
où il m'avoit embarquée. Mais ,
hélas ! quel mérite y avoit-il dans
cette démarche ? N'étoit-ce pas
mon penchant qui me l'avoit fait
faire ?

En quelques minutes (car alors
les heures n'étoient plus rien pour
moi) nous descendîmes à Chelséa ,
dans une fameuse taverne, réputée
pour les parties fines. Nous déjeû-
nâmes avec le maître de la maison ,
qui étoit un réjoui du vieux temps,
et parfaitement au fait du négoce.
Il nous dit d'un ton gai , et en
me regardant malicieusement, qu'il
nous souhaitoit satisfaction entière. Que , sur sa foi , nous étions
bien appareillés ; que grand nombre
de messieurs et de dames fréquen-

toient sa maison , mais qu'il n'a-
voit jamais vu un plus beau couple:
qu'il jureroit que j'étois du fruit
nouveau ; que je paroissois si fraîche , si innocente , et qu'en un
mot mon compagnon étoit un heureux mortel. Ces éloges, quoique
grossiers , me plûrent infiniment,
et contribuèrent à dissiper la
crainte que j'avois de me trouver
seule à la discrétion de mon nouveau souverain ; crainte où l'amour
avoit plus de part que la pudeur.
Je souhaitois , je brûlois d'impatience. Je serois morte pour lui
plaire , et pourtant je ne sais comment ni pourquoi , je craignois le
point capital de mes plus ardens
desirs. Ce conflit de passions différentes , ce combat entre l'amour
et la modestie , me fit pleurer de

rechef. Dieux ! que de pareilles si-
tuations sont intéressantes pour de
vrais amans !

Après déjeûner, Charles (c'étoit
le nom du précieux objet de mes
adorations) avec un souris mysté-
rieux, me prit par la main, et me
dit qu'il me vouloit montrer une
chambre d'où l'on découvroit la
plus belle vue du monde. Je me
laissai conduire en haut dans un
appartement, dont le premier meuble qui me frappa fut un lit qu'il
sembloit qu'on eût garni pour une
reine.

Charles, ayant fermé la porte au
verrou, me prit entre ses brâs,
et, la bouche collée sur la mienne,
m'étendit toute tremblante de desirs et d'effroi sur cette pompeuse
couche. Son ardeur impatiente ne

lui permit pas de me délacer et de
m'ôter mon mouchoir.

Alors ma gorge nue, qu'une respiration embarrassée et mes soupirs brûlans faisoient lever, offrit à
ses yeux deux tétons tels qu'on se
les peut figurer chez une fille de
seize ans, nouvellement arrivée de
la campagne, et qui n'avoit jamais
connu personne. Leur rondeur parfaite, leur blancheur, leur fer-
meté n'étant pas capables de fixer
ses mains, il les porta tout-à-coup
sous mes jupes, et découvrit le
centre d'attraction. Cependant, je
serrai machinalement les cuisses;
mais le fripon ayant insinué doucement ses doigts entre deux, je les
ouvris sans résistance, et le laissai
maître du champ de bataille. Comme
je n'avois pas fait en cette conjonc-

ture toutes les façons qu'exige la
bienséance., il s'imagina que je
n'étois rien moins que novice, et
que je ne possédois plus ce frivole
joyau que les hommes ont la folie
de rechercher avec tant d'ardeur.
Néanmoins , cette idée désavan-
tageuse ne ralentit point son em-
pressement ; il tira son priape et
le poussa de toutes ses forces,
croyant le lancer dans une voie
déjà frayée. Alors je sentis, pour
la première fois , le frottement de
cette noble machine. Mais , quelle
fut sa surprise , quand après maintes vigoureuses attaques qui me
causèrent une douleur des plus
aigues , il vit qu'il ne faisoit pas le
moindre progrès ! « Ah ! lui disois-
» je tendrement , je ne le puis
» souffrir.... non, en vérité je ne

» le puis.... il me blesse....
» il me tue »,. Charles ne crut
pas autre chose, sinon qu'il l'a-
voit trop gros, et moi trop petit ;
car il ne pouvoit pas se persuader
que je fusse encore pucelle.

Il fit inutilement une seconde
tentative qui me causa plus d'an-
goisses qu'auparavant ; mais de peur
de lui déplaire, j'étouffois mes
plaintes de mon mieux. Enfin,
ayant essayé plusieurs semblables
assauts sans succès, il s'étendit à
côté de moi hors d'haleine, et sé-
chant mes larmes par mille baisers
humides et brûlans, il me demanda
avec tendresse, si je n'avois pas
mieux souffert des autres que de
lui ? Je lui répondis d'un ton de
simplicité persuasif qu'il étoit le
premier homme que j'eusse connu.

Charles, déjà disposé à me croire
par ce qu'il venoit d'éprouver, me
mange de caresses, me supplie au
nom de l'amour, d'avoir un peu de
patience, et m'assure qu'il fera tout
son possible pour ne me point faire
de mal.

Hélas ! c'étoit assez que je susse
lui faire plaisir pour consentir à
tout avec joie, quelque douleur
que je prévisse qu'il me fît souffrir.

Il revint donc à la charge ; mais
avant, il mit un couple d'oreillers
sous mes reins, pour donner plus
d'élévation au but où il vouloit
frapper. Ensuite, me haussant les
cuisses sur ses hanches, il marque
du doigt sa visée, et s'élançant
tout-à-coup avec furie, la prodigieuse roideur de son membre brise
l'union de cette tendre partie, et

pénètre

pénètre justement à l'entrée des
lèvres. Alors, s'appercevant du
petit progrès qu'il vient de faire, il
reprend courage, et précipitant ses
coups en direction, il force le détroit, ce qui me causa une douleur si cuisante, que j'aurois crié
au meurtre, si je n'avois appré-
hendé de le fâcher. Je retins mon
haleine, et serrant mes jupes avec
mes dents, je les mordis pour faire
diversion au mal que je souffrois.
A la fin, les barrières délicates de
ce charmant sentier ayant cédé à de
si violens efforts, il pénétra plus
avant. Le cruel, en cet instant, ne
se possédant plus, se précipite avec
rage, il déchire, il brise tout ce
qui se rencontre, et couvert et fu-
mant du sang de sa victime, il par-
vient au bout de la carrière. J'avoue

G

qu'aux dernières secousses la force
me manqua : je criai comme si l'on
m'eût égorgée , et perdis entièrement connoissance.

Quelques momens après , quand
j'eus repris mes sens , je me trouvai
au lit , toute nue entre les bras de
mon adorable meurtrier. Je le regardai languissamment , et lui demandai , par manière de reproches ,
si c'étoit-là la récompense de mon
amour ? Charles , à qui j'étois devenue plus chère par le triomphe
qu'il venoit de remporter , me dit
des choses si touchantes , que le
plaisir de le voir et de penser que
je lui appartenois , effaça dans la
minute jusqu'au moindre souvenir
de mes souffrances.

L'accablement où je me trouvois
ne me permettant pas de me lever ,

nous dînâmes au lit. Néanmoins ,
une aîle de poulet que je mangeai
d'assez bon appétit , et deux ou
trois verres de vin , me remirent
en état de supporter une nouvelle
épreuve. Mon amant ne tarda pas
à s'en appercevoir , par les transports et la tendre fureur avec
lesquels je me livrai à ses em-
brassemens. Il insinua ses cuisses
entre les miennes, et s'élançant de
rechef, il élargit , perça la voie ,
non sans me faire encore beaucoup
souffrir ; mais j'étouffai mes cris et
supportai l'opération en véritable
héroïne. Cependant, quelques sou-
pirslanguissansquiluiéchappèrent,
un doux frisson qui lui prit, m'annoncèrent qu'il touchoit au souverain plaisir , que la douleur , toujours trop cuisante ,' m'empêchoit
de partager.

Ce ne fut qu'après quelques assauts de plus que je commençai à
entrer en goût. Tandis que nous
nous amusions ainsi, l'heure du
souper arriva. Nous mangeâmes à
proportion du fatigant exercice que
nous avions pris. Pour moi, j'étois
si transportée de joie en comparant
mon bonheur actuel avec l'insipide
genre de vie que j'avois mené ci-
devant, que je n'aurois pas cru
l'avoir achetée trop cher, quand sa
durée n'eût été que d'un moment.
La jouissance présente étoit tout
ce qui remplissoit ma petite cer-
velle. Enfin, la nature qui avoit
besoin de réparation, nous ayant
invités au repos, nous nous endormîmes. Mon sommeil fut d'autant
plus délectable, que je le passai
dans les bras de mon amant.

Quoique je m'éveillasse le lendemain fort tard, Charles dormoit
encore profondément. Je me levai
le plus doucement que je pus, et
me rajustai de mon mieux. Ma
toilette achevée, je m'assis au bord
du lit pour me repaître du plaisir
de contempler mon Adonis. Il avoit
sa chemise roulée jusqu'au cou.
Mes deux yeux et ceux d'Argus
n'auroient pas été trop pour jouir
pleinement d'une vue si ravissante.
Je ne saurois croire que l'Apollon
du Vatican, si vanté par les con-
noisseurs, fût mieux proportionné,
ni plus beau. Quand, après l'avoir
regardé en gros, je voulus le dé-
tailler, mes regards se fixèrent
principalement sur ce terrible
membre, qui, peu de temps auparavant, m'avoit causé tant de

G 3

douleur. Mais qu'il étoit mécon-
noissable alors ! il reposoit languissamment sur une de ses cuisses,
la tête retirée dans son béguin , et
paroissant incapable des cruautés
qu'il avoit commises. Néanmoins ,
tout différent que je le trouvois de
l'état pompeux où je l'avois vu , il
m'enflamma l'imagination à un tel
degré , que je ne pus m'abstenir
de porter la main sous ma chemise, et de considérer la différence
qu'il y a entre la pucelle et la femme.
Tandis que j'étois occupée à cet
intéressant examen , Charles s'é-
veilla , et se tournant vers moi ,
me demanda avec douceur comment j'avois reposé , et sans attendre ma réponse , m'imprima sur
la bouche un baiser tout de feu.
Incontinent après , il me troussa

jusqu'à la ceinture, pour se récréer
à son tour du spectacle de mes
charmes nus, et se donner la satisfaction d'examiner le dégât qu'il
avoit fait. Ses yeux et ses mains se
délectoient à l'envi. De tendres
exclamations, sans cesse interrom-
rompues par ses soupirs, faisoient
mieux l'éloge de ce qu'il voyoit,
que tout ce qu'il eût pu dire de plus
éloquent. Cependant sa machine,
levant fièrement la crête, reparut
dans tout son éclat. Il la consi-
dère un instant avec complaisance,
ensuite il veut me la mettre en
main. D'abord, un reste de honte
me fit faire quelque difficulté de la
prendre, mais mon inclination
étant la plus forte, je l'empoignai
en rougissant, et ma hardiesse
augmentant à proportion du plaisir

que je ressentois, je la maniai, et
toutes ses dépendances, avec une
avidité extrême. La douce chaleur de ma main rendit bientôt
mon amant intraitable : il me retira
d'entre les doigts ce précieux joyau,
et le plongea de rechef dans ma
blessure, alors ouverte pour la vie.
Je n'y sentis presque plus de douleur. Toutes les membranes, que
la violence de ces assauts avoient
dilatées, obéissantes et souples
maintenant, ne sembloient se res-
serrer que pour donner du plaisir
et en recevoir.

S'il est vrai que l'on meurt
quelquefois de joie, c'est un mi-
racle que je n'aie point expiré dans
de si délicieuses agonies.

L'excès de la jouissance ayant à
la fin calmé nos transports, nous

nous mîmes à parler d'affaires.
Charles m'avoua naïvement qu'il
étoit né d'un père indigent, de qui
il n'avoit eu qu'une bien médiocre
éducation. Le pauvre enfant étoit
parvenu jusqu'à l'âge de raison dans
une si parfaite indolence, qu'il n'a-
voit jamais eu la pensée de prendre
aucun parti. Sa grand'mère, du côté
maternel, l'entretenoit dans cette vie
oisive, par une complaisance aveugle
pour ses fantaisies. La bonne femme
jouissant d'un revenu assez considé-
rable en viager, fournissoit ample-
ment à ses besoins, moyennant quoi
il se trouvoit en état de supporter les
dépenses d'une maîtresse. Le père,
qui avoit des passions que la mé-
diocrité de sa fortune l'empêchoit
de satisfaire, étoit si jaloux du bien
que cette tendre parente faisoit à

son fils, qu'il résolut de s'en venger, et n'y réussit que trop, comme
tu le verras bientôt.

Cependant Charles qui vouloit
sérieusement vivre avec moi et sans
trouble, me quitta l'après-dîner
pour aller concerter avec un avocat de sa connoissance, des moyens
d'empêcher madame Brown de nous
inquiéter. Sur le récit qu'il lui fit
de la manière dont elle m'avoit sé-
duite, le jurisconsulte trouva que,
loin de chercher à s'accommoder,
il falloit en exiger satisfaction. La
chose ainsi arrêtée, ils se transpor-
tèrent chez cette mère abbesse. Les
filles de la maison qui connois-
soient Charles, et croyoient qu'il
leur amenoit quelqu'un à plumer,
le reçurent avec toutes les démons-
trations de civilité requises en pa-

reils cas : mais elles changèrent bientôt de ton, lorsque l'avocat, prenant un air austère, déclara qu'il vouloit parler à la vieille, avec laquelle il disoit avoir une affaire à régler.

Suivant sa requête, madame parut, et les demoiselles se retirèrent. Aussitôt l'homme de loi lui demanda si elle n'avoit pas connu, ou pour mieux dire, trompé une jeune fille nommée Fanny Hill, sous prétexte de la louer en qualité de servante? La Brown, dont la conscience n'étoit pas des plus nettes, fut effrayée à cette question inattendue, et sur-tout quand les termes de prison, de pilory et de fouet, frappèrent son oreille. Enfin, pour abréger l'histoire, elle crut en être quitte à bon marché.

de leur remettre en main ma boîte
et mes petits effets.

Charles, enchanté d'avoir ter-
miné si heureusement ce procès,
revint entre mes bras recevoir la
récompense des peines qu'il s'étoit
données. Nous passâmes encore la
nuit à Chelséa, et le lendemain il
me mena dans un appartement
garni, rue Saint-James. La maîtresse du logis, madame Jones,
nous y reçut ; et avec une volubi-
lité de langue étonnante, nous en
expliquoit toutes les commodités.

Elle nous dit que sa servante
nous serviroit avec zèle... que des
gens de la première qualité avoient
logé chez elle... qu'un secrétaire
d'ambassade et sa femme, occu-
poient le premier étage.... que je
paroissois une dame bien aimable.

Charle

Charles avoit eu la précaution de
dire à cette babillarde que nous
étions mariés secrètement, ce qui,
je crois, ne l'inquiétoit guère,
pourvu qu'elle louât ses chambres.

Pour te donner une légère es-
quisse de son portrait, c'étoit une
femme d'environ quarante-six ans,
grande, maigre, rousse, et de ces
figures triviales que l'on rencontre
par-tout. Elle avoit été entretenue
dans sa jeunesse par un gentilhomme qui, à sa mort, lui avoit
laissé cinquante livres sterling de
rente, en faveur d'une fille qu'il
en avoit eue, et qu'elle avoit ven-
due à l'âge de dix-sept ans. Indif-
férente à tout autre plaisir qu'à
celui de grossir son fonds, à quelque prix que ce fût, elle s'étoit jetée dans les affaires privées, en

H

quoi , grace à son extérieur modeste et décent , elle avoit souvent
fait d'excellens hasards. En un
mot, pour de l'argent , elle étoit
ce qu'on vouloit , prêteuse sur
gage , receleuse , entremetteuse.
Quoique la vieille gaupe eût dans
les fonds une grosse somme , elle
se refusoit le nécessaire, et ne sub-
sistoit que de ce qu'elle écornifloit
à ses logeurs.

Pendant que nous fûmes sous les
griffes de cette harpie , elle ne
laissa pas échapper une seule occasion de nous tondre , ce que
Charles , par son indolence naturelle , aima mieux souffrir que de
prendre la peine de déloger.

Quoiqu'il en soit , je passai dans
cette maison les plus délicieuses
heures de ma vie ; j'étois avec mon

bien-aimé : je trouvois en sa compagnie tout ce que mon cœur pouvoit souhaiter. Il me mena à la
comédie, au bal, à l'opéra, mais
dans ces brillantes et tumultueuses
assemblées, je ne voyois que lui.
Il étoit mon Univers, et tout ce
qui n'étoit pas lui, n'étoit rien
pour moi.

Lorsque nous donnions quelque
relâche à la vivacité de nos plaisirs, Charles s'en faisoit un de
m'instruire selon l'étendue de ses
connoissances. Je recevois comme
des oracles toutes les paroles qui
sortoient de son adorable bouche,
et j'en gravois dans mon cœur jusqu'aux moindres syllabes.

Je peux dire, sans vanité, que
ses soins ne furent pas infructueux.
Je perdis en moins de rien mon air

campagnard et mon mauvais ac-
cent; tant il est vrai qu'il n'est
pas de meilleur maître que l'amour
et le desir de plaire.

Comme je ne sortois jamais sans
mon amant, et restois le plus souvent au logis, Jones me faisoit de
fréquentes visites. La pénétrante
commère ne fut pas long-temps à
découvrir que nous avions frustré
l'église de ses droits, ce qui ne lui
déplût pas, eu égard aux desseins
qu'elle avoit sur moi : infâmes desseins! hélas! qu'elle ne trouva que
trop tôt l'occasion d'exécuter.

Je vivois depuis onze mois avec
cette chère idole de mon ame, et
j'étois grosse de trois, lorsque le
coup funeste et inattendu de notre
séparation arriva. Je passerai rapi-
dement sur ces particularités dont

le seul souvenir me fait frissonner
et me glace le sang.

J'avois déjà langui deux jours,
ou plutôt une éternité, sans entendre de ses nouvelles, moi qui
ne respirois, qui n'existois qu'en
lui, et qui n'avois jamais passé
vingt-quatre heures sans le voir.
Le troisième jour, mon impatience
et mes alarmes augmentèrent à un
tel degré, que je n'y pus tenir plus
long-temps. Je me jetois aux genoux de madame Jones, la suppliant d'avoir pitié de moi, et de
me sauver la vie, en tâchant au
plutôt de découvrir ce qu'étoit devenu celui qui pouvoit seul me la
conserver. Elle alla pour cet effet
dans une taverne du voisinage, où
il demeuroit, et envoya chercher
la servante du logis, dont je lui

H 3

avois donné le nom. Cette fille
vint immédiatement , et madame
Jones , lui ayant demandé si Charles étoit en ville, elle répondit que
son père l'avoit envoyé à la mer
du Sud , et que le barbare d'intel-
ligence avec un capitaine de vais-
seau , avoit si bien concerté ses
mesures , que le pauvre malheu-
reux étant allé à bord du navire, y
avoit été arrêté et gardé comme un
criminel , sans pouvoir écrire à
personne.

L'artificieuse Jones revint incontinent après me plonger le poignard
dans le sein , en me disant qu'il
étoit parti pour un voyage de quatre ans, et que je ne devois pas
m'attendre à le revoir jamais. Avant
qu'elle eût proféré ces dernières
paroles , je tombai dans une foi-

blesse, suivie de convulsions si terribles, que je perdis, en me débattant, l'innocent et déplorable gage de notre amour. Je ne conçois pas, quand je me le rappelle, que j'aie pu résister à tant de calamités et de douleurs. Quoiqu'il en soit, à force de soins on me conserva une odieuse vie, qui, à la place de cette félicité inexprimable dont j'avois joui jusqu'alors, ne m'offrit tout-à-coup que des horreurs et de la misère.

Je restai pendant six semaines, appelant envain la mort à mon secours. Ma grande jeunesse et mon tempérament robuste, prirent insensiblement le dessus, mais je tombai dans un état de stupidité et de désespoir, qui faisoit craindre que je ne devînsse folle. Néanmoins le temps adoucit petit à petit la violence de mes peines, et en émoussa le sentiment.

Mon obligeante hôtesse avoit eu soin, pendant tout cet intervalle, que je ne manquasse de rien; et quand elle me crut dans une condition à pouvoir répondre à ses vues, elle me félicita sur mon heureux rétablissement, en ces termes: « Grace à Dieu, mademoiselle » Fanny, votre santé n'est pas » mauvaise à présent; vous êtes là » maîtresse de rester chez moi tant » qu'il vous plaira : vous savez » que je ne vous ai rien demandé » depuis long-temps; mais franchement, j'ai une dette à laquelle il faut que je satisfasse » sans différer. » Et après ce bref exorde, elle me présenta un ar-

rêté de compte pour logement,
nourriture et apothicaire, etc.
comme totale, vingt-trois livres
sterling, et six sous; ce que la perfide, qui connoissoit le fond de
ma bourse, savoit bien que je ne
pouvois pas payer. En même-temps
elle me demanda quels arrange-
mens je voulois prendre. Je lui répondis, fondant en larmes, que
j'allois vendre le peu de hardes que
j'avois, et que si je ne pouvois pas
faire toute la somme, j'espérois
qu'elle auroit la bonté de me donner du temps. Mais mon malheur
favorisant ses lâches intentions,
elle me répondit froidement que
quoiqu'elle fut touchée jusqu'au
fond de l'ame de mon infortune,
l'état actuel de ses affaires la mettoit dans la cruelle nécessité de

m'envoyer en prison. A ce mot de
prison, tout mon sang se glaça, et
je fus tellement épouvantée, que
je devins aussi pâle qu'un criminel, à la vue du lieu de son exécution.

Cette méchante femme qui crai-
gnoit que ma frayeur ne ruinât ses
desseins, en me faisant retomber
malade, commença à se radoucir,
et me dit que ce seroit ma propre
faute si elle en venoit à de semblables extrêmités ; mais que l'on
pouvoit trouver un honnête homme
dans le monde, assez généreux pour
terminer cette affaire à notre satisfaction mutuelle, et qu'il en vien-
droit un cet après-dîner, prendre
le thé avec nous, qui sûrement seroit fort aise de me rendre service.
A ces mots, je restai muette, con-

fondue. Cependant madame Jones,
ayant ainsi arrangé son plan, jugea à propos de me laisser quelques
momens à mes réflexions. Je de-
meurai près d'une heure abimée
dans les idées les plus horribles,
que la crainte, la tristesse et le
désespoir puissent causer. La scé-
lérate revint à la charge, et fei-
gnant d'être touchée de mes mal-
heurs, elle me dit qu'elle vouloit
me présenter un honorable gentilhomme qui, par ses sages avis, me
fourniroit les moyens de me tirer
d'embarras. Après quoi, sans se
mettre en peine que je l'approu-
vasse ou non, elle sort et rentre
immédiatement suivie de cet honorable monsieur, dont elle avoit été
en mainte occurence, comme en
celle ci, l'honorable pourvoyeuse.

Il me fit une profonde révérence,
à laquelle je répondis aussi froidement qu'il est naturel de répondre aux civilités de quelqu'un qu'on
ne connoît point. Madame Jones,
prenant sur elle de faire les hon-
neurs de cette première entrevue,
lui présenta une chaise, et en prit
une pour elle-même. Cependant
pas un mot ni de part ni d'autre.
Un regard stupide et effaré étoit
l'interprête de la surprise où m'a-
voit jetée cette étrange visite. Ma
digne hôtesse, enfin, ne voulant
pas perdre son temps, rompit le
silence. « Allons, mademoiselle
» Fanny, dit-elle dans un style
» aussi rude que familier, et d'un
» ton d'autorité; levez la tête,
» mon enfant, ne laissez point
» détruire un si joli minois, par
» le

» le chagrin ; au bout du compte,
» le chagrin ne doit pas être éter-
» nel ; allons, un peu de gaîté.
» Voici un honnête monsieur qui
» a entendu parler de vos mal-
» heurs, et veut vous faire plai-
» sir. Croyez-moi, ne refusez pas
» sa connoissance, et sans vous
» piquer d'une délicatesse hors de
» saison, faites un bon marché,
» tandis que vous le pouvez. »

Mon inconnu qui vit aisément
qu'une aussi impertinente harangue étoit moins propre à me persuader, qu'à m'irriter, lui fit signe
de se taire. Alors prenant la pa-
role, il me dit qu'il partageoit bien
sincèrement mon affliction ; que
ma jeunesse et ma beauté méri-
toient un meilleur sort.... qu'il
ressentoit une violente passion pour

I

moi , mais que connoissant mes
engagemens secrets avec un autre,
il les avoit respectés aux dépens
de son repos, jusqu'à ce que la
nouvelle de mon désastre , en ré-
veillant son respectueux amour ,
l'avoit enhardi à venir m'offrir ses
services, et que la seule faveur
qu'il exigeoit de moi , étoit que je
daignasse les agréer. Tandis qu'il
me parloit ainsi , j'eus le temps de
l'examiner. Il me parut un homme
d'environ quarante ans, assez bien
bâti , et d'une figure qui n'annon-
çoit pas une personne d'un rang
médiocre. Je ne lui répondis qu'en
versant un torrent de larmes ; et ce
fut un bonheur pour moi que mes
sanglots étouffassent ma voix, car
je ne savois que lui dire.

Quoiqu'il en soit , la situation

attendrissante où il me vit, le
frappa au fond du cœur. Il tira
précipitamment sa bourse, et paya
sans différer tout ce que je devois
à madame Jones. Il en prit une
quittance en bonne forme, qu'il me
força de garder. Cette infâme raco-
leuse n'eut pas plutôt touché son
argent, qu'elle nous laissa seuls.

Cependant le cavalier qui n'étoit
rien-moins que neuf dans de pareilles affaires, s'approcha d'un air officieux, et du coin de mon mouchoir
m'essuya les pleurs qui me bai-
gnoient le visage, après quoi il
s'aventura de me donner un baiser.
Je n'eus pas le courage de faire la
moindre résistance, me regardant
dès-lors comme une marchandise
qui lui étoit dévolue par le déboursé
qu'il venoit de faire. Insensible-

I 2

ment il me mania la gorge. Enfin
me trouvant docile au-delà de ses
espérances, il fit de moi tout ce
qu'il voulut. Quand il eut assouvi
sa brutalité, sans nul respect pour
ma déplorable condition, mes yeux
se dessillèrent ; et je gémis (trop
tard à la vérité) de la honteuse
foiblesse à laquelle je venois de
succomber. Qui m'eût dit, quelques instans auparavant, que je serois infidèle à Charles, j'aurois été
capable de le dévisager. Mais, hélas ! notre vertu et notre fragilité
ne dépendent que trop des circonstances où nous nous trouvons. Sé-
duite comme je le fus à l'impro-
viste, trahie par un esprit accablé
sous le poids de ses afflictions,
saisie des plus grandes frayeurs à
l'idée seule de prison ; ce sont des

conjonctures bien délicates ; et
sans chercher à m'excuser , il n'en
est guère qui pût répondre de ne
pas commettre la même faute dans
un cas pareil. Au reste, comme il
n'y a que le premier pas qui coûte,
je crus que je n'étois plus en droit
de refuser ses caresses., après ce
qui s'étoit passé. Suivant cette ré-
flexion , je me regardai comme lui
appartenant. Néanmoins il eut la
complaisance de ne pas tenter sitôt
la répétition d'une scène à laquelle
je ne m'étois prêtée que machinalement , et par un sentiment de
gratitude. Content de s'être assuré
de ma jouissance , il voulut désormais s'en rendre digne par ses bons
procédés , et ne devoir rien à la
violence.

La soirée étant déjà avancée, on

I 3

vint mettre le couvert , et j'appris
avec joie que la Jones , dont l'aspect m'étoit devenu insupportable,
ne seroit pas des nôtres.

Pendant le souper , mon nouveau
maître après avoir employé les discours les plus persuasifs que la tendresse puisse suggérer pour adoucir mes ennuis , me dit qu'il s'appeloit H......., frère du comte
L . . . Que mon hôtesse l'avoit engagé à me voir , et que m'ayant
trouvée extrêmement aimable , il
l'avoit priée de lui procurer ma
connoissance ; qu'en un mot , il
s'estimoit trop heureux que la chose
eût réussi selon ses desirs ; et qu'il
me protestoit que je n'aurois jamais sujet de me repentir des com-
plaisances que j'aurois pour lui.

Pendant qu'il me parloit ainsi ,

j'avois mangé deux aîles de per-
drix, et bu trois ou quatre verres
de vin. Mais soit qu'on y eût mêlé
quelque drogue, ou que sa vertu
restaurative eût naturellement opé-
ré sur mes sens, je me trouvai plus
à mon aise, et je commençai à ne
plus regarder monsieur H.... avec
tant de froideur, quoique tout autre en sa place, dans de semblables
circonstances, eût été le même
pour moi.

Les afflictions ici bas ont leurs
bornes, et ne sauroient être éter-
nelles. Mon cœur accablé jusqu'a-
lors sous le poids des chagrins, se
dilata par degrés, èt s'ouvrit à un
foible rayon de contentement. Je
répandis quelques larmes, elles me
soulagèrent : je soupirai, mes soupirs me rendirent la respiration

plus libre : je pris , sans être gaie ,
un air serein , une contenance plus
aisée et moins sérieuse. Monsieur
H... étoit trop expert pour ne pas
profiter de cet heureux change-
ment. Il recula adroitement la
table, et approchant sa chaise de
la mienne, il m'imprima vingt baisers sur la bouche et sur la gorge.
Je fis si peu de résistance , qu'il
crut pouvoir tenter davantage. Le
téméraire , en effet , glissant avec
dextérité une de ses mains sous
mes jupes, jusqu'au dessus de la
jarretière, essaya de regagner le
poste qu'il avoit surpris peu de
temps auparavant. Alors je serrai
les cuisses, et lui dit d'un ton lan-
guissant que je ne me trouvois pas.
bien ; que je le suppliois de me
laisser. Comme il vit à merveille;

qu'il y avoit plus de grimace et de cérémonie dans ma prière, que de sincérité, il consentit à en rester là, aux conditions que je me mettrois au lit sur-le-champ, ajoutant qu'il sortoit pour une demie heure; et qu'il osoit espérer qu'à son retour je serois plus traitable. Quoique je ne répondisse rien, l'air dont je reçus sa proposition, lui fit connoître que je ne me croyois plus assez ma maîtresse pour refuser de lui obéir.

Un instant après qu'il m'eut quittée, sa servante m'apporta un consommé des plus succulens. Je l'eus à peine avalé, qu'un feu subtil se glissa dans mes veines : je brûlois et me sentois consumée dans mes draps, comme le grand Alcide dans la chemise de Nessus.

La fille n'étoit pas encore au bas de l'escalier, que monsieur H.... entra en robe-de-chambre et en bonnet de nuit, armé de deux bougies; il ferma la porte au verrou. Quoique je m'attendisse bien à le revoir, sa rentrée me causa quelque frayeur. Il s'approche sur la pointe du pied, tâche de me rassurer par de douces paroles, et quittant à la hâte sa robe, il saute dans le lit. Il n'avoit point éteint les lumières, sans doute pour la satisfaction de ses yeux; car aussitôt qu'il m'eût embrassée, il jeta le drap, et jouit du spectacle de tous mes charmes, à découvert. Alors se tenant sur ses genoux entre mes cuisses, et levant sa chemise, je vis un corps aussi velu que celui de Nabuchodonosor, avec

une monstrueuse cheville dont il
me fit sentir tout-à-coup le pouvoir,
et dont la chaleur ressuscitant mes
esprits animaux, me contraignit à
goûter des plaisirs que mon cœur
désavouoit. Quelle différence ! hélas ! de ces plaisirs purement mé-
chaniques, à ceux que produit la
jouissance d'un amour mutuel, où
l'ame confondue avec les sens, se
noie, pour ainsi dire, dans une
mer de voluptés. Cependant monsieur H.... ne cessa de me donner
des preuves de son étrange vigueur,
qu'à la pointe du jour, où nous
nous endormîmes d'un profond
sommeil. Vers les onze heures,
madame Jones nous apporta deux
excellens potages, que son expérience en ces sortes d'affaires lui
avoit appris à préparer en perfec-

tion. Monsieur H.... qui s'étoit
apperçu que j'avois changé de couleur à son arrivée, me dit lorsqu'elle nous eût quittés, que pour
me donner une première preuve de
son tendre attachement, il vouloit
me faire changer de maison, et que
je ne m'impatientasse pas jusqu'à
son retour. Il s'habilla et sortit,
m'ayant donné une bourse de vingt-
cinq guinées, en attendant mieux.

Dès qu'il fut dehors, je réfléchis
sur ma condition actuelle, et sentis la conséquence du premier pas
que l'on fait dans le chemin du
vice, (car mon amour pour Charles ne m'avoit jamais paru criminel.) Je me regardai comme quelqu'un qui est entraîné par un torrent, sans pouvoir regagner le
rivage. Le sentiment effroyable de
la

la misère, la gratitude, le profit
réel que je trouvois dans cette nouvelle connoissance, avoient, en
quelque manière, interrompu mes
chagrins; et si mon cœur n'eut
point été engagé, monsieur H....
l'auroit vraisemblablement possédé
tout entier; mais la place étant
occupée, il ne devoit la jouissance
de mes charmes, qu'aux tristes
conjonctures où le sort m'avoit réduite. Il revint à six heures me
prendre pour me conduire à mon
nouveau logis, chez un homme qui
lui étoit affidé. Je fus installée
dans un appartement à deux guinées par semaine, avec une fille
pour me servir. Nous employâmes
encore cette nuit ensemble comme
nous avions fait la précédente. Insensiblement je m'habituai aux

K

bonnes façons de monsieur H...., et j'avoue que si ses attentions et ses libéralités ne m'inspirèrent point d'amour, au moins elles me forcèrent à lui vouer une véritable estime, et l'amitié la plus reconnoissante.

Je me vis alors dans la cathégorie des filles entretenues, bien logée, de bons appointemens, et nippée comme une princesse. Néanmoins le souvenir de Charles me causant quelquefois des accès de mélancolie, mon bienfaiteur, pour m'amuser, donnoit fréquemment de petits soupers chez moi, à ses amis et à leurs maîtresses; de façon que je connus bientôt les plus célèbres courtisannes et matrônes de la ville.

Il y avoit déjà six mois que nous

vivions tous deux du meilleur accord du monde, lorsqu'un jour, re-
venant de faire une visite, j'entendis
quelque rumeur dans ma chambre ;
j'eus la curiosité de regarder à travers le trou de la serrure. Le premier
objet qui me frappa, fut monsieur
H..... chiffonant ma grosse salope
de servante, qui se défendit d'une
manière aussi gauche que foible, et
crioit si bas, qu'à peine pouvois-je
l'entendre. « Fi donc, monsieur,
» cela convient-il ? de grace, ne
» me tourmentez pas. Une pauvre
» fille comme moi n'est pas faite
» pour vous. Sainte vierge, si ma
» maîtresse alloit venir.... non,
» en vérité, je ne le souffrirai pas :
» au moins, je vous en avertis, je
» m'en vais crier. » Ce qui pourtant n'empêcha point qu'elle ne

K 2

se laissât tomber sur le lit de
repos ; mon homme ayant levé
ses cotillons, la guenipe crut inutile de faire une plus longue résistance. Il monta dessus, et je ju-
geai à ses mouvemens nonchalans,
qu'il se trouvoit logé plus à l'aise
qu'il ne s'en étoit flatté. Cette belle
opération finie, monsieur H... lui
donna quelque monnoie, et la con-
gédia.

Si j'avois été amoureuse, j'aurois certainement interrompu la
scène et fait tapage ; mais mon
cœur n'y prenant aucun intérêt,
quoique ma vanité en souffrît,
j'eus assez de sang-froid pour me
contenir et tout voir jusqu'à la con-
clusion. Je descendis cinq ou six
degrés sur la pointe du pied, et
remontai à grand bruit, comme si

j'arrivois à l'instant même. J'entrai
dans la salle où je trouvai mon
fidèle berger se promenant en sifflant d'un air aussi flegmatique que
s'il ne s'étoit rien passé. A trompeur, trompeur et demi, dit le pro-
verbe ; j'affectai d'abord un air si
serein et si gai, que l'hypocrite fut
ma dupe en croyant que j'étois la
sienne. La grosse récréation qu'il
venoit de prendre, l'avoit sans doute
fatigué, car il prétexta quelques
affaires pour n'être pas obligé de
coucher avec moi cette nuit là, et
sortit incontinent après.

A l'égard de ma servante, mon
intention n'étant pas de l'associer à
mes travaux, au premier sujet de
mécontentement qu'elle me donna,
je la mis à la porte.

Cependant mon amour-propre ne

pouvant digérer l'affront que monsieur H.... m'avoit fait, je résolus
de m'en venger de la même façon.
Je ne tardai pas long-temps. Il
avoit pris depuis environ quinze
jours, à son service, le fils d'un de
ses fermiers. C'étoit un jeune garçon de dix-huit à dix-neuf ans,
d'une physionomie fraîche et appé-
tissante, vigoureux et bien fait.
Son maître l'avoit créé le messager
de nos correspondances. Je m'étois
apperçu qu'à travers son respect et
sa timide innocence, le tempérament perçoit. Ses yeux naturellement lascifs, enflammés par une
passion dont il ignoroit le prin-
cipe, parloient en sa faveur le plus
éloquemment du monde, sans qu'il
s'en doutât. Pour exécuter mon
dessein, je le laissois entrer lorsque

j'étois encore au lit, ou lorsque j'en sortois, lui laissant voir, comme par mégarde, tantôt ma gorge nue, tantôt la tournure de ma jambe, quelquefois un peu de ma cuisse, en mettant mes jarretières. En un mot, je l'apprivoisois petit-à-petit, par mes familiarités. « Eh bien! mon garçon, lui » demandois-je, as-tu une maî- » tresse?.... est-elle plus jolie que » moi?.... sentirois-tu de l'amour » pour une personne qui me res- » sembleroit? » Et ainsi du reste. Le pauvre enfant répondoit d'un ton niais et honteux, selon mes desirs.

Quand je crus l'avoir assez bien préparé, un jour qu'il vint à son ordinaire, je lui dis de fermer la porte en dedans. J'étois alors cou-

chée sur le théâtre des plaisirs de
monsieur H. . . et de ma servante,
dans un déshabillé fait pour inspi-
rer des tentations à un anachorète.
Je l'appelai, et le tirant près de
moi par la manche, je lui donnai,
pour le rassurer, deux ou trois petits coups sous le menton, et lui
demandai s'il avoit peur des dames.
En même-temps je me saisis d'une
de ses mains, que je serrai contre
ma gorge, qui tressailloit et s'éle-
voit comme si elle eût recherché
ses attouchemens. Bientôt tous les
feux de la nature étincelèrent dans
ses yeux : ses joues s'enluminèrent
du plus beau vermillon. La joie,
le ravissement et la pudeur, le
rendirent muet; mais la vivacité
de ses regards, son émotion, par-
lèrent assez pour m'apprendre que

je n'avois pas perdu mon étalage.

Je glissai les doigts , en le baisant, sur une de ses cuisses , le long de laquelle je sentis un corps solide et ferme, que sa culotte trop juste paroissoit étrangler. Alors faisant semblant de jouer avec les boutons qui étoient prêts à sauter par leur grand tiraillement , tout-à-coup la ceinture et la brayette s'ouvrirent , et présentèrent à ma vue émerveillée , non pas une babiole d'enfant , ni le membre commun d'un homme , mais une pièce d'une si énorme taille , qu'on l'auroit prise pour celle du géant Poliphême. Ce prodigieux meuble me fit frissonner à-la-fois de frayeur et de plaisir. Ce qu'il y avoit de plus surprenant , c'est que le propriétaire d'un si noble joyau , ne savoit

pas la manière de s'en servir ; tellement que c'étoit mon affaire de le
guider , au cas que j'eusse assez de
courage pour en risquer l'épreuve ;
mais il n'y avoit plus moyen de
reculer.

Le jeune gars , transporté , hors
de lui-même , s'aventura par un
instinct naturel, à fourrer ses mains
sous mes jupes , et lisant dans mes
yeux le pardon de son audace ; il
gagna au hasard le centre inconnu
de ses desirs. Je n'eus pas plutôt
senti la chaleur de ses doigts , que
ma crainte s'évanouit. Mes cuisses
s'ouvrirent d'elles-mêmes , et lui
laissèrent le champ libre ; alors la
châsse fut découverte. Il se mit sur
moi ; je me plaçai le plus avanta-
geusement qu'il me fut possible ,
pour le recevoir ; mais sa machine

ne pouvant enfiler la voie, et frap-
pant toujours à faux, je la condui-
sis dextrement de la main, et lui
donnai la dernière leçon de plaisir. Cependant quoiqu'une si monstrueuse alumelle ne fût pas faite
pour une gaîne aussi étroite, je
parvins à en loger la pointe, et
mon écolier donnant un coup de
charnière à propos, en fit entrer
quelques pouces de plus ; je sentis
aussitôt un mêlange de plaisir et de
douleur indéfinissable. Je tremblois à-la-fois qu'il ne me fendît en
allant plus avant ou en se retirant,
ne le pouvant souffrir ni dedans
ni dehors. Quoiqu'il en soit, il
poursuivit avec tant de roideur et
de rapidité, que je lâchai un cri.
C'en fut assez pour arrêter ce timide et respectueux enfant. Il re-

tira le délicieux instrument de ma peine, également pénétré du regret de m'avoir fait mal, et d'être contraint de déloger d'une place dont la douce chaleur lui avoit donné l'avant-goût d'un plaisir qu'il mouroit d'envie de satisfaire.

Je n'étois pourtant pas trop contente qu'il m'eût tant ménagée, et que mon indiscrétion lui eût fait quitter prise. Je le caressai pour l'encourager à la charge, et me mis en posture de le recevoir encore à tout évènement. Il l'introduisit de nouveau, ayant l'intention de modérer ses coups. Petit-à-petit l'entrée s'élargit, prêta, et reçut la moitié de son membre. Mais tandis qu'il tâchoit de passer outre, la crise du plaisir le surprit, et malheureusement pour moi

il

il jouit tout seul, la douleur aigüe
que je souffrois, m'empêchant de
l'atteindre.

Je craignois avec raison qu'il ne
se retirât. Grace à ma bonne fortune, le cas n'arriva point. L'aimable jeune homme, plein de
santé, et regorgeant de sucs, fit une
courte pause, après quoi il se mit
à piquer de rechef, et força aisément les tendres parois de mon
étui, abreuvé et rendu plus souple
par l'injection balsamique qu'il
venoit d'y faire. Alors favorisé par
mes mouvemens adroits, il me
plongea jusques aux gardes, nos
deux corps ne firent plus qu'un.
Les délicieuses, les ravissantes agi-
tations qu'il me causa intérieure-
ment, me devinrent insupportables.
Je m'apperçus à sa respiration em-

L

barrassée, à ses yeux à demi-clos,
sur-tout à la roideur extraordinaire
de son instrument, qu'il appro-
choit du suprême plaisir. Je me
dépêchai d'y arriver avec lui. Nous
nous rencontrâmes enfin, et, plongés tous deux dans un abîme de
joie, nous demeurâmes quelques
instans anéantis, sans aucun sentiment, excepté dans ces parties fa-
vorites de la nature, où nos ames,
notre vie et toutes nos sensations,
étoient alors entièrement concen-
trées.

Quand mon jeune athlète se fut
retiré, je me trouvai les cuisses
inondées d'un déluge de perles li-
quides, mêlées de sang, que j'es-
suyai et recueillis précieusement
dans mon mouchoir.

C'étoit une scène bien douce

pour moi de voir avec quels transports il me remercioit de l'avoir
initié dans de si agréables mis-
tères. Il n'avoit jamais eu la moindre idée de la marque distinctive
de notre sexe. Je devinai bientôt,
par l'inquiétude de ses mains, qui
fourrageoient au hasard, qu'il brû-
loit de connoître comme j'étois
faite. Je lui permis tout ce qu'il
voulut, ne pouvant rien refuser à
ses desirs. Le fripon me leva les
jupes et la chemise au-dessus des
hanches. Je me plaçai de moi-même
dans l'attitude la plus favorable,
pour exposer à ses regards le petit
antre des voluptés et le coup-d'œil
luxurieux du voisinage. Extasié à la
vue d'un tel spectacle, si nouveau
pour lui, il écarta légèrement les
bords de ce sombre et délicieux ré-

duit, et fourrant un doigt dedans,
parvint à cette double excroissance,
qui, de souple qu'elle étoit, enfla et
se roidit de telle sorte à son toucher,
que le chatouillement m'arracha
un soupir. Cependant, il n'abusa
pas plus long-temps de ma complaisance. Son formidable saucisson
ayant repris tout-à-coup sa belle
forme, il le pointa directement à
l'entrée du détroit, et le poussant
avec une fureur extrême, il pénétra
jusqu'aux derniers retranchemens
de la région des béatitudes. Je
sentis de rechef une émotion si
vive, qu'il n'y avoit que la pluie
salutaire dont la nature bienfai-
sante arrose ces parties-là, qui pût
me sauver de l'embrâsement.

J'étois tellement abattue, fati-
guée, énervée après une semblable

séance, que je n'avois pas la force
de remuer. Néanmoins, mon jeune
champion ne faisant, pour ainsi
dire, qu'entrer en goût, n'auroit
pas sitôt quitté le champ de bataille, si je ne l'eusse averti qu'il
falloit battre la retraite. Je l'em-
brassai tendrement, et lui ayant
glissé une guinée dans la main, je
le renvoyai avec promesse de le
revoir dès que je le pourrois,
pourvu qu'il fût discret.

A peine étoit-il sorti, que monsieur H.... arriva. La manière
agréable dont je venois d'employer
le temps depuis mon lever, avoit
répandu tant d'éclat et de feux sur
ma physionomie, qu'il me trouva
plus belle que jamais; aussi, me
fit-il des caresses si pressantes, que
je tremblai qu'il ne découvrit le

L 2

mauvais état actuel des choses.
Heureusement j'en fus quitte pour
prétexter une grosse migraine. La
bonne dupe donna dans le panneau,
et réfrénant malgré lui ses desirs,
il sortit en me recommandant de
me tranquilliser.

Depuis cette première entrevue,
je jouis presque tous les jours des
embrassades de mon cher Will
(c'étoit le nom de ce bel enfant);
mais mon imprudence rompit bientôt un si tendre commerce, et nous
sépara pour toujours, lorsque nous
y pensions le moins. Un matin,
étant à folâtrer avec lui dans mon
cabinet, il me vint en tête d'é-
prouver une nouvelle posture. Je
m'assis et me mis, jambe deçà,
jambe delà, sur les bras du fau-
teuil, lui présentant à découvert

la marque où il devoit viser. J'a-
vois oublié de fermer la porte de
ma chambre , et celle du cabinet
ne l'étoit qu'à demi. Monsieur
H.... que nous n'attendions pas ,
nous surprit précisément au plus
intéressant de la scène. Je jetai un
cri terrible en abattant mes jupes.
Le pauvre Will, comme frappé d'un
coup de foudre , demeura interdit
et aussi pâle qu'un mort. Monsieur H.... nous regarda quelque
temps l'un et l'autre , avec un visage où la colère , le mépris et
l'indignation paroissoient dans leur
plus haut degré , et reculant en
arrière , se retira sans dire un mot.
Toute troublée que j'étois, je l'entendis fermer la porte à double
tour.

Pendant ce temps-là , le malheu-

reux complice de mon infidélité
agonisoit de frayeur , et j'étois
obligée d'employer le peu de courage qui me restoit pour le rassurer.
La disgrace que je venois de lui
causer me le rendoit plus cher. Je
lui baignois le visage de mes
pleurs , je le baisois , je le serrois
dans mes bras ; mais le pauvre
garçon , insensible à mes caresses,
ne remuoit pas plus qu'une statue.

Monsieur H..... rentra un moment après ; nous ayant fait venir
devant lui , il me demanda , d'un
ton flegmatique à me désespérer,
ce que je pouvois dire pour justifier
l'affront humiliant que je venois
de lui faire. Je lui répondis en
pleurant , sans aggraver mon crime
par le style audacieux d'une cour-
tisanne effrontée , que je n'aurois

jamais eu la pensée de lui manquer à ce point, s'il ne m'en avoit en quelque manière donné l'exemple, en s'abaissant jusqu'aux dernières privautés avec ma servante ; que toute-fois je ne prétendois pas excuser ma faute par la sienne ; qu'au contraire, j'avouois que mon offense étoit de nature à ne point mériter de pardon ; mais que je le suppliois d'observer que c'étoit moi qui avoit séduit son valet dans un esprit de vengeance. Enfin, j'ajoutai que je me soumettois volontiers à tout ce qu'il voudroit ordonner de moi, aux conditions qu'il ne confondît point l'innocent avec le coupable.

Il me sembla un peu déconcerté quand je lui rappelai l'aventure de ma servante ; mais s'étant remis d'a-

bord , il me répondit à-peu-près
en ces termes :

Mademoiselle , j'avoue à **ma**
honte que vous me l'avez bien
rendu , et que je n'ai que ce que
je mérite. Nous nous sommes cependant trop offensés tous deux
pour continuer à vivre désormais
ensemble. Je vous accorde huit
jours pour chercher un autre logement. Ce que je vous ai donné
est à vous. Votre hôte vous paiera
de ma part cinquante guinées , et
vous délivrera une quittance géné-
rale de tout ce que vous lui devez.
Je me flatte que vous conviendrez
que je ne vous laisse pas dans un
état au-dessous de celui où je vous
ai prise , ni au-dessous de ce que
vous méritez. Ne vous en prenez

point à moi, si je ne fais pas mieux les choses.

Alors, sans attendre ma réponse, il s'adressa à Will.

Quant à vous, beau mignon, je prendrai soin de votre personne pour l'amour de votre père. La ville n'est pas un séjour qui convienne à un pauvre idiot tel que vous ; demain vous retournerez à la campagne. A ces mots, il sortit. Je me prosternai à ses pieds pour tâcher de le retenir. Ma situation parut l'émouvoir ; néanmoins il suivit son chemin, emmenant avec lui son jeune valet, qui sûrement s'estimoit fort heureux d'en être quitte à si bon marché.

Je me trouvai encore une fois abandonnée à mon sort, par un homme dont je n'étois pas digne, et toutes les sollicitations que j'employai pendant la semaine qu'il m'avoit accordée pour chercher un logis, ne purent l'engager à me revoir une seule fois.

Will fut renvoyé immédiatement à son village, où, quelques mois après, une grosse gagui de veuve, qui tenoit une bonne hôtellerie, l'épousa.

Tandis que j'étois embarrassée de ce que je deviendrois, une de mes amies, nommée madame Cole, vint m'offrir ses bons offices. Comme j'avois toujours eu assez de confiance en elle, je prêtai volontiers l'oreille à ses propositions. Il est certain que je ne pouvois tomber dans de meilleures ni de plus mauvaises mains : dans de plus mauvaises,

vaisés, parce que, tenant une maison de plaisir, il n'y avoit point
de genre de lubricité et de dé-
bauche auquel elle ne formât ses
filles, pour satisfaire au goût et au
caprice de ses chalands ; dans de
meilleures, parce que qui que ce
soit ne connoissant mieux le fort
et le foible de la ville de Londres,
n'étoit plus en état de donner de
bons avis, et de garantir de jeunes
prosélytes des dangers du métier.
Ce qu'il y avoit de plus recom-
mandable en elle, c'est qu'elle se
contentoit d'un médiocre profit,
et suivoit plutôt la profession par
goût que par intérêt. Aussi étoit-
elle la grande pourvoyeuse des
gens de la première distinction.

Cette serviable matrone m'admit
dans son sérail près du jardin com-

M

mun (*). Elle tenoit , pour la forme , une petite boutique de lingère , où la plupart de ses demoiselles faisoient semblant de travailler à certaines heures , avec une application des plus édifiantes. Tout y paroissoit honnête et décent. Mais dès que la nuit venoit , on se dépouilloit des dehors gênans de la modestie , pour se livrer entièrement au plaisir.

Quatre voluptueux , qu'un même goût avoit réunis , faisoient les frais de leurs secrètes orgies , et se regardoient , dans ces lubriques synodes , comme les restaurateurs de l'innocente liberté de l'âge d'or.

Le lendemain de mon installa-

(*) Quartier de la comédie , où il y beaucoup de catins.

tion, madame Cole m'avertit que l'on tiendroit cette nuit-là un chapitre extraordinaire pour me recevoir membre de la confrairie, et qu'elle se flattoit que le cérémonial de la fête ne me déplairoit pas. Je lui répondis que j'étois entièrement à ses ordres, étant bien persuadée qu'elle ne pouvoit rien me proposer qui ne me fût agréable. Les trois demoiselles qui devoient être de la partie, charmées de la docilité et du bon naturel que je témoignois dans cette occasion, me firent cent caresses, et pour me donner une marque immédiate de l'intimité parfaite avec laquelle elles souhaitoient vivre avec moi, la plus gaie proposa, en attendant l'heure du conclave, que chacune conteroit la manière dont elle avoit

M 2

perdu son pucelage. Notre mère supérieure approuva l'idée , aux conditions qu'on m'en dispensât jusqu'à ce que je fusse professe. La chose ainsi réglée , on pria Emilie de commencer. C'étoit une blonde charmante , d'une taille de nymphe , bien proportionnée , et qui avoit la plus belle peau et les plus beaux yeux du monde.

Ma naissance et mes aventures , dit-elle , ne sont pas assez considérubles , pour que vous imputiez à vanité de ma part l'envie de vous faire mon histoire. Mon père et ma mère étoient , et sont encore , je crois , fermiers à quarante milles (*) de Londres. Leur aveugle tendresse pour un frère , et leur barbarie à mon égard , me firent prendre le

_____

(*) A peu près quatorze lieues.

parti de déserter de la maison à
l'âge de quinze ans. Tous mes fonds
étoient de deux Jacobus (*), que
je tenois de ma marraine, de quelques schellings, d'une paire de
boucles d'argent, et d'un dé de
même métal. Les hardes que j'a-
vois sur le corps composoient mon
équipage. Je rencontrai, chemin
faisant, un jeune garçon vigoureux et sain, d'environ seize ou
dix-sept ans, qui alloit aussi chercher fortune à la ville. Il trottoit
en sifflant derrière moi, avec un
paquet de guenilles au bout d'un
bâton. Noas marchâmes quelque
temps derrière l'un l'autre sans nous
rien dire. Enfin, nous nous joi-
gnîmes et convînmes de faire la
route ensemble. Quand la nuit

*) Ancienne monnoie d'or.

M 3

approcha, il fallut songer à nous
mettre à couvert quelque part.
L'embarras fut de savoir ce que
nous répondrions en cas qu'on vînt
à nous questionner. Le jeune homme
leva la difficulté en me proposant
de passer pour sa femme. Ce pru-
dent accord fait, nous nous arrê-
tâmes à un cabaret borgne, dans
un pauvre hameau. Mon compagnon de voyage fit apprêter ce qui
s'y trouva, et nous soupâmes tête-
à-tête. Mais quand il fut l'heure de
nous retirer; nous n'eûmes ni l'un
ni l'autre le courage de tromper
les gens de la maison, et ce qu'il y
avoit de comique, c'est que le gars
paroissoit plus intrigué que moi
pour trouver moyen de coucher
seul. Cependant l'hôtesse, une
chandelle à la main, nous condui-

sit au bout d'une longue cour,
à un appartement séparé du corps
de logis. Nous la suivîmes sans
souffler le mot, et elle nous laissa
dans un misérable bouge, où il n'y
avoit pour tout meuble qu'un grand
vilain grabat et une chaise de bois
toute démantibulée. J'étois alors si
innocente, que je ne pensois pas
faire plus de mal en couchant avec
un garçon qu'avec une de nos
servantes ; et peut-être n'avoit-il
pas eu lui-même d'autres idées,
jusqu'à ce que l'occasion lui en ins-
pirât de différentes. Quoi qu'il en
soit, il éteignit la lumière avant
que nous fussions entièrement dés-
habillés. Lorsque j'entrai dans le
lit, mon acolyte y étoit déjà, et
la chaleur de son corps me fit d'autant plus de plaisir que la saison

commençoit à être froide. Mais
que l'instinct de la nature est admirable ! Le jeune homme, me
passant un bras sous les reins, se
serra contre moi, comme si c'eût
été seulement à dessein d'avoir plus
chaud. Je sentis pour la première
fois dans mes veines un feu que
je n'avois jamais connu. Encouragé, je le suppose, par ma docilité, il se hasarda de me donner
un baiser que je lui rendis innocem-
ment, sans penser que cela tirât à
conséquence : bientôt ses doigts
agissans s'égarèrent sous ma chemise, et après avoir joué des épi-
nettes par-tout où il lui plut, il me
fit tâter la cheville ouvrière du
genre-humain. Je lui demandai
avec surprise ce que c'étoit ? Il me
dit que je le saurois si je voulois,

et mon homme n'attendant point
de réponse, monta immédiatement
sur moi. Je me trouvois alors tellement entraînée par un pouvoir
dont j'ignorois la cause, que je
le laissai faire en paix jusqu'à ce
qu'il m'arracha les hauts cris ; mais
il n'y avoit plus à reculer, le ma-
quignon étoit trop bien ensellé pour
désarçonner ; au contraire, les efforts que je fis ne le servirent que
mieux. Il me donna à la fin un si
terrible coup de charnière, qu'il
enfila la bague, et me dépucela. Le
chemin une fois frayé, nous veil-
lâmes le plus agréablement du
monde jusqu'au jour. Il seroit inutile de vous ennuyer par un plus
long récit ; c'est assez que vous sa-
chiez que nous vécûmes ensemble

(142)

jusqu'à ce que la misère nous sépa-
rât, et me fît embrasser la profession.

Suivant l'ordre de la situation,
c'étoit à *Henriette* à nous faire son
histoire. Parmi les beautés de son
sexe, que j'avois vues avant et depuis elle, il en est bien peu qui
puissent se flatter d'égaler la no-
blesse de sa taille et la finesse de
son teint; de beaux yeux noirs,
pleins de feu, ornoient encore la
plus heureuse physionomie. Avant
de parler, *Henriette* sourit, rou-
git, et commença en ces termes :

Mon père, qui fut meûnier près
de la ville d'*York*, ayant perdu
ma mère peu de temps après ma
naissance, confia mon éducation
à une de mes tantes, vieille veuve
sans enfans, et qui étoit alors

gouvernante ou ménagère de mi-
lord N.... à sa campagne de....
où elle m'éleva avec toute la tendresse possible.

Fin du Tome premier.

www.ingramcontent.com/pod-product-compliance
Lightning Source LLC
Chambersburg PA
CBHW051142260626
47170CB00005B/1938

* 9 7 8 2 0 1 9 4 7 5 7 1 0 *